LO QUE SUSURRA EN LA OSCURIDAD

LO QUE SUSURRA EN LA OSCURIDAD

Howard P. Lovecraft

Traducción y prólogo de Daína Chaviano

*Ediciones
Duende*

Título original: *The Whisperer in Darkness*
Primera edición: 1931

© Traducción: Daína Chaviano, 2016
© Ediciones Duende, 2017

ISBN: 978-0-9973943-0-6

Índice

Lovecraft o el realismo del horror

Descubrí la literatura de Lovecraft igual que muchos lectores. Era una adolescente, y me hallaba más cerca de la infancia que de la juventud, cuando el relato «Las ratas en las paredes» cayó en mis manos y comenzó a acosarme entre los recovecos del sueño. Sin embargo, no fue hasta que leí «El llamado de Cthulhu» cuando experimenté realmente lo que era el alcance del miedo.

A diferencia de otros autores, el horror en Lovecraft no se limita a una situación, un lugar o una criatura, ya sea viva o muerta, sino que permea todo el espacio conocido hasta abarcar el propio universo. De hecho, los personajes no cuentan ni aguardan por una protección divina en medio de sus atroces vivencias. La claridad del día, tan salvadora en el resto de la literatura que es capaz de eliminar al más pavoroso vampiro, tampoco sirve de refugio, pues no son fantasmas ni espíritus del Más Allá los que provocan el espanto. El origen de ese horror es siempre palpablemente biológico.

Michel Houellebecq, en su ensayo *H. P. Lovecraft: contra el mundo, contra la vida*, subrayaba la semejanza de sus descripciones con un inventario quirúrgico:

«Si hay un tono que nadie esperaba encontrar en el relato fantástico es el de un informe de disección. Dejando aparte a Lautréamont, que copió páginas de una enciclopedia de la conducta animal, no está muy claro qué predecesor podríamos atribuir a Lovecraft. Y, desde luego, este nunca había oído hablar de los *Cantos de Maldoror*. Parece haber llegado por su cuenta y riesgo a este descubrimiento: la utilización del vocabulario científico puede constituir un extraordinario estimulante de la imaginación poética.»

Semejante recurso se repite en el resto de sus obras, como esta que el lector tiene ahora en sus manos. Aunque Houellebecq no lo menciona en su ensayo, hay que señalar que en el universo de Lovecraft tampoco aparece un elemento casi obligado en la literatura de horror: el mundo espiritual con su eterna dicotomía entre el Bien y el Mal (Dios versus Satanás). Lejos de apelar al reino oscuro de la muerte o a los espectros infernales, como suele hacer el género, la pesadilla lovecraftiana es producida por la presencia de criaturas inteligentes, cuyo raciocinio nace en una mente tan fría y objetiva que en ella no queda espacio para Dios. De ahí que su narrativa haya sido calificada de «horror materialista» u «horror cósmico», aludiendo al hecho de que esa sensación de pavor abarca todas las dimensiones del espacio y el tiempo. Los personajes saben que no les valdrá de mucho escapar a otra ciudad o a otro país. Comprenden que el horror seguirá latente en esos antiguos seres que viajan por el cosmos desde épocas inmemoriales y que son capaces de vivir eternamente, salvaguardando sus mentes y sus cuerpos hasta que llegue el momento propicio para llevar a cabo sus enigmáticos y siniestros planes.

Con su concepto material del horror, no es de extrañar que Lovecraft utilice los sentidos físicos habituales: el olfato, el oído, la vista… Su trabajo con las percepciones sensoriales es uno de sus sellos distintivos para despertar ese miedo omnipresente. La importancia de tales descripciones, entre otras cosas, es una de las razones por las que el lector tiene ahora en sus manos esta nueva traducción.

Después de terminar mi carrera, nunca he dejado de leer en su idioma original los textos de autores anglosajones que siempre he admirado. He comprobado que muchas de aquellas traducciones fueron cuidadosamente realizadas. Sin embargo, en otros casos he redescubierto a escritores que no siempre habían tenido la misma suerte.

Lovecraft es uno de esos autores populares que, en muchas ocasiones, ha sido pobremente traducido. La presente novela es uno de esos ejemplos. De las distintas versiones que cotejé, a dos de ellas les faltaban párrafos enteros. Al parecer, los editores o los traductores los encontraron demasiado complicados e innecesarios, y decidieron eliminarlos festinadamente. También noté casos en los que se habían editado las descripciones, acortándolas o alterando su sentido.

Por último, quiero llamar la atención sobre el título, que suele traducirse como *El que susurra en la oscuridad,* aunque el original en inglés, *The Whisperer in the Darkness,* no apunta ni refiere a que el susurrante sea un «él» o un «ella». Traducir «the whisperer» como «*el* que susurra» hace que se pierda la sensación neutra e indefinida que se desprende del texto. A mi modo de ver, la imprecisión genérica me parece más apropiada a la *mitopoeia* particular de Lovecraft.

Con esta traducción, he querido ofrecer mi propia lectura de una de las obras más emblemáticas de Lovecraft, respetando en lo posible su estilo y sus mañas estilísticas. Es un trabajo realizado por puro placer personal, sin otro objetivo que intentar darle un nuevo soplo de vida a este maestro del horror.

Daína Chaviano

Capítulo 1

Tened muy en cuenta que, al final, nunca llegué a presenciar ningún horror palpable. Quien diga que un trastorno mental provocó mis conclusiones sobre el asunto —siendo la última gota que me hizo huir de la solitaria granja de Akeley y lanzarme en plena noche por las desoladas montañas de Vermont en un vehículo requisado—, ignora los hechos más notorios de mi experiencia. A pesar de la amplitud con que compartí la información y las especulaciones de Henry Akeley, de las cosas que vi y escuché, y de la vívida impresión que dejaron en mí, ni siquiera hoy puedo afirmar si estaba o no equivocado en lo que respecta a mi espantosa sospecha. Después de todo, la desaparición de Akeley no prueba nada. Nadie encontró nada anómalo en su casa, pese a las huellas de balas que había dentro y fuera de ella. Daba la impresión de que hubiera salido a dar un paseo por las colinas y que nunca hubiese regresado. Ni siquiera había el menor indicio de que hubiera tenido algún huésped, ni de que esos horribles cilindros y máquinas hubiesen estado almacenados en el estudio. El hecho de que Akeley profesara un terror abismal hacia las verdes y pobladas colinas, y hacia los innumerables riachuelos entre los que había nacido y se había criado, tampoco significaba nada en absoluto, pues se cuentan por millares las personas sujetas a tan morbosos temores. La extravagancia, además, podría explicar fácilmente los extraños actos y recelos en que incurrió hacia el final.

En lo que a mí respecta, todo comenzó con las históricas, y hasta entonces jamás vistas, inundaciones de Vermont del 3 de noviembre de 1927. Por aquel entonces yo era, al igual que hoy, profesor de literatura en la Universidad de Miskatonic en Arkham, Massachusetts, y un entusiasta aficionado al estudio del folclore de Nueva Inglaterra. Poco después de la inundación, entre los numerosos reportajes sobre calamidades, desgracias y grupos de auxilio organizados que llenaban las páginas de los periódicos, aparecieron una serie de extrañas historias acerca de objetos que se encontraron flotando en algunos de los ríos desbordados. Así es que muchos de mis amigos se enfrascaron en curiosas polémicas, y acabaron recurriendo a mí, confiando en que podría arrojar alguna luz al respecto. Me sentí halagado al comprobar en qué medida se tomaban en serio mis estudios sobre el folclore, e hice lo que pude por reducir a su justo término aquellas extraordinarias y confusas historias que parecían tener su origen en antiguas supersticiones populares. Me divertía mucho encontrar a personas cultas, convencidas de que debía existir alguna verdad oscura y distorsionada en el origen de aquellos rumores.

Las leyendas que atrajeron mi atención procedían en su mayor parte de recortes de periódicos, aunque una de aquellas increíbles historias tenía una fuente oral, y un amigo mío se la contó a su madre en una carta que le envió desde Hardwick, Vermont. Lo que se describía en todas ellas era en esencia lo mismo, aunque parecía haber tres variantes: una estaba relacionada con el río Winooski, cerca de Montpelier; otra tenía que ver con el West River, en el condado de Windham, allende Newfane; y una tercera se centraba en el Passumpsic, condado de Caledonia, al norte de Lyndonville. Desde luego, muchos de los artículos hacían referencia a otros ejemplos, pero en última instancia todos parecían reducirse a esos tres. En cada caso, los campesinos afirmaban haber visto uno o más objetos muy extraños y desconcertantes en las agitadas aguas que bajaban de las deshabitadas colinas, y había una acusada tendencia a relacionar aquellas visiones con un primitivo y semiolvidado ciclo de leyendas tradicionales que los ancianos revivían para el caso en cuestión.

Lo que la gente creía ver eran formas orgánicas muy distintas a las que nadie hubiera visto nunca con anterioridad. Por supuesto, durante aquel trágico período los ríos arrastraron muchos cadáveres humanos; pero quienes describían aquellas extrañas formas estaban totalmente convencidos de que no se trataba de personas, a pesar de algunas aparentes semejanzas en tamaño y aspecto general. Tampoco, decían los testigos, podían ser las de ningún animal conocido en Vermont. Eran cosas rosadas de un metro y medio de largo, con cuerpos revestidos de un caparazón provisto de grandes aletas dorsales o alas membranosas y varios pares de miembros articulados, con una especie de intrincada forma elipsoide cubierta con infinidad de cortas antenas en el lugar donde normalmente se encontraría la cabeza. Resultaba muy curioso hasta qué punto coincidían los relatos de las diferentes fuentes, aunque eso se explicaba en parte por el hecho de que las antiguas leyendas, difundidas en otro tiempo por la comarca plagada de colinas, aportaban un cuadro morbosamente vívido que muy bien pudo teñir la imaginación de todos los testigos implicados. Por ello concluí que tales testigos —personas sencillas e ingenuas de comarcas poco pobladas— habían vislumbrado los destrozados y abotagados cadáveres de seres humanos y animales domésticos en las turbulentas aguas, y que el recuerdo latente de las antiguas leyendas les había llevado a revestir aquellos lastimosos cadáveres con atributos fantásticos.

Pese a que la antigua tradición era vaga, ambigua y, en gran medida, ya había sido olvidada por las actuales generaciones, tenía rasgos muy singulares que, sin duda, reflejaban la influencia de relatos indígenas mucho más antiguos. Aunque jamás había estado en Vermont, era algo que yo conocía bien gracias a la curiosísima monografía escrita por Eli Davenport, que recopila material de tradición oral recogido antes de 1839 entre las personas más ancianas del estado. Este material, por otro lado, coincidía casi punto por punto con historias que había escuchado en boca de viejos campesinos en las montañas de New Hampshire. Brevemente resumidas, hacían referencia a una raza oculta de seres monstruosos que acechaban en algún sitio entre las colinas más remotas, en la espesura de los bosques de las cumbres más altas y en los sombríos valles donde nacen manantiales de origen desconocido. Rara vez se avistaban estos seres, pero había testimonios de su presencia, aportados por quienes se habían adentrado más allá de las vertientes de ciertas montañas o se habían aventurado en las profundas quebradas de laderas tortuosas que incluso los lobos evitaban.

Había extrañas huellas de pies o garras en el limo depositado a orillas de los arroyos y en los claros sin vegetación, y curiosos círculos de piedras, con la hierba desgastada a su alrededor, que no parecían haber sido colocados ni esculpidos por la naturaleza. Había también ciertas cuevas de inquietante profundidad en las laderas de las colinas, cuyas bocas de acceso estaban cerradas por grandes piedras dispuestas de un modo nada casual y con una gran cantidad de aquellas extrañas huellas que lo mismo se encaminaban al interior que al exterior de la cueva... si es que podía estimarse la dirección de esas pisadas. Lo peor de todo era lo que algunas personas osadas habían visto ocasionalmente a la luz del crepúsculo en los valles más remotos y en los frondosos bosques que crecían por encima de los límites a los que se solía ascender.

Todo habría resultado menos alarmante si los relatos aislados de tales acontecimientos no hubiesen coincidido en tantos detalles. En efecto, casi todos los rumores que circulaban coincidían en varios puntos, asegurando que aquellas criaturas eran una especie de gigantescos cangrejos rojizos, con muchos pares de patas y dos grandes alas, como de murciélago, en medio del lomo. Unas veces caminaban sobre todas sus patas y otras únicamente sobre el par trasero, utilizando las restantes para transportar grandes objetos de naturaleza desconocida. En cierta ocasión fueron espiados en gran número, cuando un destacamento de ellos vadeaba el riachuelo poco profundo de un bosque en disciplinada formación de tres en fondo. En otra oportunidad se vio volar a uno de ellos, tras lanzarse desde la cima de una colina solitaria y agreste, y desaparecer en el cielo después que la silueta de sus enormes alas batientes se recortara sobre el disco de la luna llena.

En términos generales, aquellas cosas no parecían tener interés en atacar a los seres humanos, aunque a veces se les hizo responsables por la desaparición de alguno que otro osado individuo —sobre todo, gente que levantaba sus casas demasiado cerca de ciertos valles o demasiado próximas a las cumbres de algunas montañas. El asentamiento en muchos lugares llegó a considerarse poco recomendable, y esta creencia perduró incluso mucho después que se olvidara su origen. Un escalofrío se apoderaba de la gente cuando dirigía su mirada hacia algunos barrancos de las montañas vecinas, aun cuando no recordaran cuántos colonos habían desaparecido y cuántas granjas habían ardido hasta reducirse a cenizas, en las faldas de aquellos siniestros y verdes centinelas.

Pero si bien las más antiguas leyendas decían que aquellas criaturas solo atacaban a quienes violaban su privacidad, había relatos posteriores que revelaban su curiosidad con respecto a los hombres y de sus tentativas por establecer avanzadillas secretas en el mundo de los seres humanos. Circulaban historias sobre las extrañas huellas de zarpas que se habían visto junto a las ventanas de alguna granja al despuntar la mañana, y de alguna que otra desaparición en comarcas fuera de las áreas consideradas incuestionablemente malditas. Historias, por lo demás, de voces susurrantes que imitaban el lenguaje humano y hacían sorprendentes propuestas a los viajeros solitarios que se aventuraban por caminos y senderos abiertos en los frondosos bosques, y de niños aterrorizados por cosas vistas u oídas en los jardines de sus casas que colindaban con los antiguos bosques. En la etapa final de las leyendas —esa etapa que antecede al declinar de la superstición y al abandono de los lugares temidos—, se encuentran sorprendentes referencias a ermitaños y a granjeros solitarios que en algún momento de sus vidas parecieron experimentar un desagradable cambio mental, por lo que la gente huía de ellos y murmuraba que se habían vendido a aquellos extraños seres. En uno de los condados del noreste, hacia 1800, se puso de moda acusar a todas aquellas personas que llevaban una vida retraída o excéntrica de ser aliadas o representantes de las abominables criaturas.

En cuanto a quiénes eran esos seres, las explicaciones variaban. Por lo general se les designaba como «esos» o «los antiguos», aunque se usaron otras denominaciones de manera local y transitoria. Es muy posible que la mayor parte de los colonos puritanos viese en ellos simplemente a la parentela del diablo, hasta el punto de convertir a tales criaturas en la base de una sobrecogedora especulación teológica. Quienes llevaban sangre celta en sus venas —sobre todo los sectores escoceses-irlandeses de New Hampshire y sus descendientes asentados en Vermont gracias a los privilegios otorgados por el gobernador Wentworth— las relacionaban vagamente con los duendes malignos y la «gente encantada» de los pantanos y de los asentamientos fortificados, y se protegían por medio de fórmulas mágicas transmitidas de generación en generación. Pero las teorías más fantásticas eran las de los indígenas. Si bien las leyendas diferían según las tribus, había un consenso general sobre ciertos rasgos específicos, y todos estaban de acuerdo en que aquellas criaturas no pertenecían a este mundo.

Los mitos de los pennacooks, que eran los más coherentes y pintorescos, indicaban que las Criaturas Aladas procedían de la Osa Mayor y que tenían minas en nuestras colinas de las cuales extraían un tipo de roca que no existía en ningún otro planeta. No vivían aquí, señalaban los mitos, sino que se limitaban a mantener bastiones y viajaban de regreso con grandes cargamentos de piedras a sus propios sistemas. Solo atacaban a los terrícolas que les espiaban o se acercaban demasiado a ellos. Los animales les huían por temor instintivo, no por miedo a que intentaran cazarlos. No podían comer cosas ni animales terrestres, por lo que traían sus propios víveres de las estrellas. Era peligroso acercarse a ellos, y a veces ocurrió que jóvenes cazadores que se aventuraron en sus colinas jamás regresaron. También era peligroso escuchar lo que susurraban en el bosque por las noches, con voces parecidas a zumbidos de abejas que intentaran imitar voces humanas. Conocían las lenguas de todas las tribus —pennacooks, hurones, iroqueses—, pero no parecían tener ni necesitar un idioma propio. Hablaban con sus cabezas, que experimentaban cambios de color según lo que quisieran expresar.

Todas las leyendas, tanto si provenían de los indios como de los blancos, se desvanecieron durante el transcurso del siglo XIX, a excepción de alguno que otro resurgimiento atávico. Las costumbres de los habitantes de Vermont se asentaron; y una vez que los caminos y las viviendas quedaron establecidos según el plan acordado de antemano, sus habitantes olvidaron cada vez más los temores y las precauciones que les habían impulsado a poner en marcha aquel plan, e incluso olvidaron que hubieran existido tales temores y precauciones. Lo único que sabía la mayoría de la gente era que ciertas comarcas en las colinas eran consideradas muy insalubres e improductivas, que no resultaba aconsejable vivir en ellas, y que cuanto más lejos estuvieran de esos lugares mejor marcharían las cosas. Con el paso del tiempo, las rutas impuestas por la costumbre y por los intereses económicos acabaron por arraigarse de tal manera en los lugares considerados seguros que no había por qué salirse de ellas, y así, más por accidente que por designio, las colinas malditas se mantuvieron desiertas. Salvo durante alguna que otra rara calamidad local, solo las abuelas parlanchinas y los meditabundos nonagenarios hablaban en voz baja de los seres que habitaban en aquellas colinas; e incluso en medio de sus susurros reconocían que no había mucho que temer de ellos, ahora que ya estaban acostumbrados a la presencia de casas y poblados, y que los seres humanos habían abandonado completamente sus territorios.

Hacía tiempo que sabía todo esto debido a mis lecturas y a ciertas tradiciones populares recogidas en New Hampshire. Por ello, cuando empezaron a correr los rumores durante la época de la gran inundación, pude deducir con facilidad el trasfondo imaginativo sobre el que se habían levantado. Me esforcé en explicárselo a mis amigos, y, a su vez, no pude menos que divertirme cuando ciertos individuos, a los que les gusta llevar siempre la contraria, siguieron insistiendo en la posibilidad de que hubiera alguna verdad en aquellos rumores. Tales personas trataban de destacar que las primitivas leyendas tenían una persistencia y uniformidad significativas, y que la naturaleza de las colinas de Vermont, prácticamente aún sin explorar, no aconsejaba mostrarse dogmático acerca de lo que pudiera residir o no en ellas. Tampoco se callaron cuando les aseguré que la mayoría de los mitos tenían rasgos ya conocidos, comunes a casi todo el género humano, y que venían condicionados por las fases iniciales de la experiencia imaginativa que siempre producía el mismo tipo de alucinaciones.

Fue inútil demostrarles a tales oponentes que los mitos de Vermont apenas diferían en esencia de las leyendas universales sobre la personificación de la naturaleza que llenaron el mundo antiguo de faunos, dríadas y sátiros, inspiraron los *kallikanzarai* de la Grecia moderna y confirieron a las comarcas salvajes de Gales e Irlanda esas alusiones sombrías a extrañas, pequeñas y terribles razas ocultas de trogloditas y moradores de túmulos. De igual modo resultó inútil señalar la sorprendente similitud que guardaban con la creencia, común entre los habitantes de las tribus montañosas del Nepal, en el temible *Mi-Go* o «abominable hombre de las nieves» que acecha entre las cimas de hielo y roca de las altas cumbres del Himalaya. Cuando saqué a colación este dato, mis oponentes lo usaron en contra mía, alegando que ello implicaba la presencia de cierta verdad histórica en las antiguas leyendas; y que era un argumento más a favor de la existencia real de alguna extraña y primitiva raza terrestre que se vio obligada a ocultarse tras la aparición y supremacía del género humano, y que era muy posible que algunos individuos hubiesen logrado sobrevivir hasta épocas relativamente recientes... o incluso hasta nuestros días.

Cuanto más me burlaba de tales teorías, más se aferraban a ellas mis empecinados amigos, añadiendo que, incluso sin la conexión con la leyenda, los recientes rumores eran demasiado claros, coherentes, detallados y lúcidamente prosaicos en su exposición como para ser del todo ignorados. Dos o tres extremistas fanáticos llegaron al punto de querer encontrar posibles significados en las antiguas leyendas indígenas que atribuían un origen extraterrestre a los seres ocultos, citando en apoyo a sus argumentos los extravagantes libros de Charles Fort en los que se afirma que viajeros provenientes de otros mundos han visitado la Tierra con frecuencia. No obstante, la mayoría de mis adversarios eran simples románticos que no hacían más que transferir a la vida real las fantásticas tradiciones que hablaban de «gente encantada» al acecho, popularizadas por los magistrales relatos de terror de Arthur Machen.

Capítulo 2

Como suele ocurrir en tales circunstancias, esta apasionante polémica acabó apareciendo impresa en forma de cartas al *Arkham Advertiser,* y algunas de ellas fueron reproducidas en los periódicos de las comarcas de Vermont de donde provenían las historias sobre la inundación. El *Rutland Herald* publicó media página de fragmentos de las cartas de ambos bandos, mientras que el *Brattleboro Reformer* reprodujo íntegra una de mis extensas reseñas sobre historia y mitología, acompañada por unos comentarios aparecidos en la columna de opiniones de *El Diletante* que apoyaban y elogiaban mis escépticas conclusiones. Ya en la primavera de 1928 me había convertido en una figura bastante conocida en Vermont, aunque jamás había puesto un pie en dicho estado. De aquellas fechas datan las extraordinarias cartas de Henry Akeley que tanto me impresionaron y que me llevaron, por primera y última vez, a aquella fascinante región atestada de precipicios verdes y murmurantes arroyos que corrían entre los bosques.

Casi todo lo que sé de Henry Wentworth Akeley procede de la correspondencia que mantuve con sus vecinos y con su único hijo, que vivía en California, a raíz de mi breve estancia en su solitaria granja. Akeley era, según descubrí, el último representante en su tierra natal de una distinguida familia de juristas, administradores y agricultores de buena posición. Sin embargo, en su caso la tradición familiar había dado un giro, pues pasó de las cuestiones prácticas a la pura erudición, convirtiéndose en un excelente estudiante de matemáticas, astronomía, biología, antropología y folclore en la Universidad de Vermont. Hasta entonces jamás había oído hablar de él y no me dio muchos detalles autobiográficos en sus comunicaciones, pero desde el inicio me di cuenta de que era un hombre educado, inteligente y de una gran personalidad, aunque fuese un recluso sin el menor aire de hombre de mundo.

Pese a la naturaleza increíble de lo que afirmaba, no pude evitar tomar los juicios de Akeley con mucha más seriedad que las aseveraciones de mis otros oponentes. Por una parte, estaba muy cerca del fenómeno real —visible y tangible— sobre el que especulaba de manera tan absurda; por otra, estaba dispuesto a dar un carácter provisional a sus conclusiones, como haría un verdadero hombre de ciencia. No se dejaba llevar por sus inclinaciones personales, guiándose siempre por lo que consideraba evidencia sólida. Desde el principio pensé que estaba equivocado, si bien le concedí el crédito de que se hallaba inteligentemente equivocado, y en ningún momento se me ocurrió imitar a algunos de sus amigos que atribuían a la locura sus ideas y su miedo hacia las solitarias colinas verdes. Pude advertir que era un hombre que hablaba con conocimiento de causa y comprobé que lo que decía debía proceder, casi con seguridad, de extrañas circunstancias que merecían ser consideradas, aun cuando apenas tuvieran que ver con las fantásticas causas que él suponía. Más tarde, me enviaría ciertas pruebas concretas que colocaron el asunto sobre bases algo distintas y bastante extrañas.

Lo mejor será que transcriba, con tanta fidelidad como sea posible, la larga carta en que Akeley se presentaba, y que constituye un importante hito en mi vida intelectual. Ya no la tengo en mi poder, pero mi memoria recuerda su extraordinario mensaje casi palabra por palabra. Una vez más, reafirmo mi creencia en la cordura del hombre que la escribió. Aquí está el texto... un texto que me llegó en los ilegibles y arcaicos garabatos de alguien que evidentemente no tuvo mucho contacto con el mundo durante su apacible vida de estudioso.

R.F.D. #2.
Townshend, Windhem Co., Vermont.

Sr. Albert N. Wilmarth
118 Saltonstall St.
Arkham, Mass.

Mi estimado señor:

He leído con gran interés, en el *Brattleboro
Reformer* del 23 de abril de 1928, su carta sobre las
historias que circulan últimamente acerca de extraños
cuerpos que se han visto flotando en nuestros ríos
durante las inundaciones del pasado otoño y sobre las
curiosas tradiciones populares con las que tan bien
concuerdan. Es fácil comprender que un forastero
adopte una postura como la suya, e incluso que *El
Diletante* se muestre de acuerdo con usted. Tal es la
actitud que suelen adoptar las personas educadas ya
sean o no de Vermont, y fue mi actitud de joven (ahora
tengo 57 años) antes de que mis estudios, tanto
generales como del libro de Davenport, me indujeran a
explorar algunos rincones poco frecuentados de las
colinas.

Me vi impulsado a emprender tales estudios por las
extrañas historias que escuché en boca de ancianos
granjeros sin la menor formación, aunque lo mejor
hubiera sido dejar las cosas como estaban. Modestia
aparte, diré que la antropología y las tradiciones
populares no me son en absoluto desconocidas. Las

estudié a fondo en la universidad, y estoy familiarizado con la mayoría de las autoridades en la materia: Tylor, Lubbock, Frazer, Quatrefages, Murray, Osborn, Keith, Boule, G. Elliott Smith, etcétera. Para mí no es ninguna novedad que las leyendas sobre razas ocultas son tan viejas como la humanidad. He visto las reproducciones de sus cartas, y de quienes discuten con usted, en el *Rutland Herald,* y creo saber cuál es el estado actual de la polémica.

Lo que intento decirle es que mucho me temo que sus adversarios se hallen más cerca de la verdad que usted, aun cuando la razón parezca estar de su parte. Están más cerca de la verdad de lo que ellos mismos se dan cuenta, pues sus argumentos se apoyan solo en la teoría y, por supuesto, no pueden saber lo que sé. Si yo supiera tan poco del tema como ellos, no hallaría justificación para creer como lo hacen y estaría totalmente de su parte.

Como puede ver, estoy dando un gran rodeo para llegar al asunto, quizás porque temo llegar a él, pero el hecho es que *tengo pruebas fehacientes de que unas cosas monstruosas viven realmente en los bosques de esas colinas donde nadie se aventura.* No he visto ninguna de ellas flotando en los ríos, como se ha dicho, *pero he visto entes semejantes* en circunstancias que casi no me atrevo a repetir. He visto huellas, y hace poco las he visto más cerca de mi casa de lo que me atrevo a admitir. Vivo en el viejo hogar de los Akeley, al sur de Townshend Village, a un costado de la Montaña Oscura. Y he alcanzado a oír voces en determinados lugares de los bosques que ni siquiera osaría describirle sobre el papel.

En cierto lugar las oía con tanta frecuencia que me llevé un fonógrafo —con un dictáfono y un cilindro de cera para grabar. Veré cómo me las arreglo para que usted pueda oír la grabación que conseguí. Se la hice escuchar a algunos de los ancianos que habitan por estos contornos, y una de las voces les impresionó tanto que los dejó casi paralizados por su semejanza con cierta voz (esa voz parecida a un zumbido que se oye en los bosques y que Davenport menciona en su libro) de la que sus abuelas les habían hablado y que habían intentado imitar. Sé lo que la mayoría de la gente piensa de un hombre que dice «oír voces», pero antes de extraer conclusiones le pediría que escuchara esa grabación y les preguntase a los ancianos del lugar lo que piensan al respecto. Si halla una explicación racional, tanto mejor; pero sin duda debe haber algo detrás de todo ello. Pues, como usted bien sabe, *ex nihilo nihil fit.*

No le escribo para entablar una polémica, sino para proporcionarle una información que creo que un hombre de sus inquietudes encontrará muy interesante. *Esto se lo digo en privado. En público estoy de su lado,* pues ciertas cosas me han demostrado que no conviene que la gente sepa demasiado sobre algunos asuntos. Mis propios estudios son absolutamente secretos, y no pienso decir nada que atraiga la atención de la gente y les induzca a visitar los lugares que he explorado. Es cierto —estremecedoramente cierto— que existen *criaturas no humanas que nos observan todo el tiempo*, que tienen espías entre nosotros para recoger datos. Gran parte de mi información proviene de un infeliz que, si estaba en su sano juicio (y creo que lo estaba), *era uno de esos espías*. Aquel hombre acabó suicidándose, pero tengo razones para pensar que ahora existen otros.

Estos seres provienen de otro planeta, y pueden vivir en el espacio interestelar y atravesarlo gracias a desgarbadas y poderosas alas que son capaces de resistir los viajes por el éter, pero que luego resultan demasiado ingobernables para ser utilizadas en la Tierra. Le hablaré de ello más adelante, si es que no me rechaza por loco. Vienen aquí para extraer metales de minas que hay bajo los montes, *y creo que sé de dónde provienen*. No nos harán ningún daño si les dejamos en paz, pero nadie puede predecir lo que ocurriría si les importunamos. Desde luego, a un buen ejército no le costaría trabajo arrasar su colonia minera. Eso es lo que temen. Pero si llegara a suceder, otros vendrían del exterior en número incalculable. No les sería difícil conquistar la Tierra, pero hasta el momento no lo han intentado porque no tienen ninguna necesidad de hacerlo. Prefieren dejar las cosas como están para evitarse complicaciones.

Creo que intentan desembarazarse de mí por todo lo que he descubierto. En los bosques de Round Hill, al este de aquí, encontré una gran piedra negra con jeroglíficos desconocidos y medio borrosos. Después de llevármela a casa todo cambió. Si sospecharan que sé demasiado me matarán o *me llevarán consigo al planeta de donde vinieron*. De vez en cuando les gusta llevarse a hombres preparados para estar al corriente de cómo marchan las cosas en el mundo de los humanos.

Esto me lleva a mi segundo propósito al dirigirme a usted. Quisiera rogarle que intente apagar el actual debate en lugar de contribuir a darle más publicidad. *La gente debe mantenerse alejada de esas colinas* y, para lograrlo, lo mejor es no despertar más su curiosidad. Bien sabe el cielo que ya existe suficiente peligro con esos promotores y agentes inmobiliarios que inundan Vermont con manadas de veraneantes para invadir las zonas vírgenes y cubrir las montañas con chalecitos baratos.

Me agradaría mucho seguir en contacto con usted y, si quiere, trataré de enviarle por correo urgente esa grabación fonográfica y la piedra negra (tan desgastada está que apenas podrá ver algo en las fotografías). Y digo «trataré», porque creo que esas criaturas poseen medios para interferir con cuanto sucede por aquí. En una granja próxima al pueblo hay un tipo escurridizo de siniestra catadura, llamado Brown, que creo es un espía suyo. Poco a poco tratan de aislarme del mundo porque sé demasiado del suyo. Se sirven de los medios más increíbles para enterarse de todo lo que hago. Quizás ni siquiera esta carta llegue a sus manos. Creo que si las cosas empeoran lo mejor será abandonar esta región del país e irme a vivir con mi hijo en San Diego, California, pero no es nada fácil renunciar al lugar donde uno nació y donde su familia ha vivido durante seis generaciones. Además, no me atrevería a vender esta casa a nadie, ahora que las criaturas se han fijado en ella. Al parecer, están intentando recuperar la piedra negra y destruir la grabación fonográfica, pero no lo conseguirán mientras yo pueda evitarlo. De momento, mis perros policía los mantienen a raya, pues todavía son pocos y aún no se mueven bien por estos parajes. Como ya he dicho, sus alas no sirven de mucho cuando se trata de vuelos cortos sobre el suelo. Estoy a punto de descifrar la piedra —todo apunta a terribles revelaciones— y creo que con sus conocimientos sobre folclore podría ayudarme a encontrar los eslabones perdidos. Supongo que está perfectamente enterado de los espeluznantes mitos anteriores a la aparición del hombre sobre la Tierra —los ciclos de Yog-Sothoth y Cthulhu— a los que se alude en el *Necronomicón*. En cierta ocasión tuve acceso a un ejemplar de ese libro y, según tengo entendido, usted posee otro que guarda bajo siete llaves en la biblioteca de su universidad.

Para terminar, señor Wilmarth, creo que dados nuestros respectivos estudios podemos sernos muy útiles el uno al otro. No quiero que corra ningún peligro, y creo estar en la obligación de advertirle que la posesión de la piedra y de la grabación acarrea ciertos riesgos, pero estoy seguro de que no dudará en enfrentarlos en aras de la ciencia. Si me autoriza a mandarle algo, conduciré hasta Newfane o Brattleboro, pues confío más en las oficinas de correos de allí. Le diré que ahora vivo solo, pues ya no puedo tener a nadie a mi servicio. No quieren quedarse debido a las cosas que tratan de acercarse de noche a la casa y que hacen que los perros no cesen de ladrar. Me alegra no haber profundizado en mis pesquisas mientras vivía mi mujer, pues se hubiera enloquecido con todo esto.

Confiando en no haberle importunado en exceso y a la espera de que decida comunicarse conmigo en lugar de arrojar la carta a la papelera por creerla el desvarío de un loco, queda de usted

Atentamente suyo,

Henry W. Akeley.

P.D. Estoy sacando copias adicionales de algunas fotos hechas por mí que pienso pueden ilustrar varios aspectos aquí mencionados. Los viejos del lugar piensan que se trata de algo monstruosamente real. Se las enviaré pronto si le interesa. H.W.A.

Sería difícil describir mis sentimientos tras la primera lectura de tan extraño testimonio. Lo normal habría sido que me hubiera reído más de semejantes locuras que de teorías mucho más moderadas que antes me habían resultado divertidas, pero había algo en el tono de aquella carta que me indujo a considerarla con paradójica seriedad. No es que creyera ni por un instante en la oculta raza procedente de las estrellas de la que hablaba mi corresponsal, sino que, después de algunas dudas preliminares, llegué a convencerme de su cordura y sinceridad, lo cual me hizo pensar que su autor se habría enfrentado con algún fenómeno real, aunque singular y anómalo, que no acertaba a explicar si no era recurriendo a la imaginación. Esa no podía ser la verdad, reflexioné, pero quizá mereciera la pena investigarla. Aquel hombre parecía sumamente conmocionado y alarmado por algo, pero resultaba difícil imaginar que su actitud fuera injustificada. En ciertos aspectos se mostraba tan lógico y específico... Y, después de todo, era asombroso que su historia encajara tan bien con algunos de esos mitos antiguos... incluso con las más inverosímiles leyendas indígenas.

Que hubiese alcanzado a oír voces inquietantes en las colinas y que en verdad hubiese encontrado la piedra negra de la que hablaba, cabía dentro de lo posible a pesar de sus descabelladas elucubraciones, las cuales quizás pudieron serle sugeridas por el hombre que había afirmado ser un espía de esas criaturas extraterrestres y que luego se había suicidado. Era fácil deducir que aquel hombre debió estar loco de atar, pero quizás le quedara una veta de perversa lógica que hizo que el inocente Akeley —predispuesto a tales cosas por sus estudios sobre el folclore— creyera su historia. En cuanto a los últimos acontecimientos, la imposibilidad de mantener a nadie a su servicio parecía indicar que los humildes y rústicos vecinos de Akeley estaban tan convencidos como él de que su casa era asediada por algo siniestro durante las noches. Que los perros ladraban era algo que no podía ponerse en duda.

Y luego estaba el asunto de esa grabación fonográfica, que no pude sino creer que la había obtenido tal como dijo. Tenía que tratarse de algo real, ya fueran ruidos animales que se asemejaban al lenguaje humano, o el coloquio de algún ser humano que se amparaba en la oscuridad y que habría descendido hasta un estado próximo al de los animales inferiores. De este punto, mis pensamientos regresaron a los jeroglíficos de la piedra negra y a las especulaciones sobre su posible significado. Y ¿qué pensar de las fotografías que Akeley hablaba de enviarme y que los ancianos habían encontrado tan convincentemente espeluznantes?

Mientras releía aquella apretada caligrafía, sentí como nunca antes que quizás mis crédulos oponentes podrían haber estado más cerca de la verdad de lo que yo había admitido. Después de todo, aquellas montañas que todos evitaban podían ser el reducto de personajes extraños, quizás con deformaciones hereditarias, aunque no se tratara de ninguna raza de monstruos provenientes de las estrellas como pretendía la tradición. Y en ese caso, no resultaría del todo inexplicable la presencia de cadáveres extraños en los ríos desbordados. ¿Acaso era tan descabellado suponer que tanto las antiguas leyendas como los recientes relatos podrían tener una base real? Pero incluso mientras albergaba esas dudas me sentí avergonzado de que semejante muestra de desatino, como era la increíble carta de Henry Akeley, hubiera podido suscitarlas.

Al final contesté la carta de Akeley, adoptando un tono de cordial interés y solicitando información más detallada. Su respuesta me llegó casi de inmediato, y en ella incluía, como había prometido, una serie de instantáneas con escenas y objetos que ilustraban lo que tenía que contarme. Mirando las fotografías a medida que las sacaba del sobre, experimenté la extraña sensación de temor que se siente ante la cercanía de lo prohibido, porque a pesar de lo borrosas que estaban casi todas, poseían un endemoniado poder de sugerencia que se intensificaba por el hecho de tratarse de auténticas fotos: verdaderos vínculos visuales con aquello que reproducían, y producto de un proceso de transmisión impersonal sin riesgo de prejuicios, engaño o falsedad.

Cuanto más las miraba, más me convencía de que no me había equivocado al tomar en serio a Akeley y su historia. Desde luego, aquellas fotografías aportaban pruebas concluyentes de que en las colinas de Vermont había algo que, cuando menos, estaba fuera del alcance de nuestros conocimientos y creencias habituales. La peor de todas era la que mostraba la huella de una pisada: una instantánea tomada en un sitio donde el sol brillaba sobre un trozo de barro en una altiplanicie desierta. Una ojeada me bastó para cerciorarme de que allí no había fraude alguno, pues los guijarros y las briznas de hierba que se apreciaban alrededor daban una idea exacta de las proporciones y hacían imposible cualquier intento de doble exposición trucada. Por llamarle de algún modo, lo he calificado como una «huella de pisada», pero creo que hubiera sido más exacto llamarle «huella de garra». Incluso ahora me resulta difícil describirla, excepto para decir que era algo monstruosamente parecido a la marca que dejaría un cangrejo, y que no sabría precisar qué dirección seguía. No se trataba de una huella muy profunda ni reciente, pero su tamaño era aproximado al del pie de un hombre promedio. A partir de un rastro central, se proyectaban en direcciones opuestas varios pares de pinzas aserradas; algo bastante desconcertante si es que, como parecía, su objetivo era ser un órgano de locomoción.

Otra fotografía —sin duda tomada a la sombra con un largo tiempo de exposición— mostraba la boca de una cueva en el bosque, con una enorme piedra esférica que bloqueaba la entrada. En el terreno despejado que había justo delante podía distinguirse perfectamente una densa red de curiosas huellas; y al examinar la fotografía con una lupa comprobé con cierto desasosiego que eran similares a las de la instantánea anterior. Una tercera foto mostraba un círculo de piedras de aspecto druídico en la cima de una desolada colina. En torno al críptico círculo, la hierba estaba muy magullada y desgastada, aunque no pude detectar ninguna pisada, ni siquiera con la ayuda del lente. Se advertía fácilmente que se trataba de un lugar remoto en el auténtico mar de colinas deshabitadas que se divisaba en un segundo plano y que se perdía en un horizonte neblinoso.

Pero si la más perturbadora de todas las fotografías era aquella donde se veía la pisada, la más intrigante era la de la gran piedra negra encontrada en los bosques de Round Hill. Akeley la había fotografiado desde lo que debía ser su mesa de trabajo, pues en segundo término podían apreciarse hileras de libros y un busto de Milton.

Al parecer la cámara había enfocado el objeto en posición vertical, exponiendo una superficie algo curva e irregular de unos treinta por sesenta centímetros, pero decir algo más preciso sobre aquella superficie o sobre el aspecto general de la piedra, sería casi desafiar los límites del lenguaje. Ni siquiera podía empezar a imaginar los extravagantes principios geométricos que habían guiado ese corte —pues no cabía duda de que se trataba de un corte artificial—, ya que jamás había visto nada tan extraño e inequívocamente ajeno a este mundo. Apenas pude distinguir algunos jeroglíficos esculpidos en la superficie, pero uno o dos de los que vi me dejaron atónito. Claro que podrían ser falsificaciones, pues yo no era el único que había leído el monstruoso y abominable *Necronomicón* del árabe loco Abdul Alhazred, pero de cualquier modo me estremecí al reconocer ciertos ideogramas que mis estudios me habían enseñado a vincular con los susurros más espeluznantes y sacrílegos, asociados a cosas que habían tenido una especie de existencia imposible antes de que se formaran la Tierra y otros planetas del sistema solar.

De las cinco fotografías restantes, tres eran de terrenos pantanosos y montañosos que parecían mostrar la presencia de moradores malsanos y ocultos. En otra se veía una extraña huella en el suelo, muy cerca de la casa de Akeley, quien afirmaba haberla fotografiado a la mañana siguiente de una noche en que los perros había ladrado con mayor ferocidad que nunca. Estaba muy borrosa, y difícilmente podían extraerse conclusiones de ella, pero tenía un diabólico parecido con aquella otra marca o garra fotografiada en la altiplanicie desierta. En la última foto se veía la casa de Akeley: una cuidada vivienda de fachada blanca, con dos pisos y una buhardilla, construida haría algo más de un siglo, con un césped recortado y un sendero custodiado por piedras que conducían a una puerta de estilo georgiano, labrada con exquisito gusto. Sobre el césped había varios perros policía de gran tamaño, tendidos junto a un hombre de rostro agradable, con una barba gris recién cortada, que debía ser el propio Akeley —fotógrafo de sí mismo a juzgar por la perilla conectada a un tubo que empuñaba en su mano derecha.

De las fotos pasé a la extensa y detallada carta, y durante las tres horas siguientes me sumergí en un abismo de absoluto horror. Aquello que Akeley no había hecho sino esbozar someramente en su anterior carta, ahora fue descrito con lujo de detalles, ofreciendo largas transcripciones de palabras escuchadas en el bosque por las noches, extensas narraciones de monstruosos cuerpos rosados, vislumbrados tras la espesura crepuscular de las montañas, y un terrible relato cósmico derivado de mezclar una amplia y profunda erudición con los interminables y trasnochados discursos de aquel desquiciado y fingido espía que acabó suicidándose. Me encontré ante nombres y términos que había oído en otros sitios, asociados a los más espantosos vínculos que se pueda imaginar —Yuggoth, el Gran Cthulhu, Tsathoggna, Yog-Sothoth, R'lyeh, Nyarlathotep, Azathoth, Hastur, Yian, Leng, el Lago de Hali, Bethmoora, el Signo Amarillo, L'mur-Kathulos, Bran y el Magnum Innominandum—, y me vi transportado a través de infinitos eones y absurdas dimensiones hacia mundos antiguos y lejanos que el enloquecido autor del *Necronomicón* no había sino empezado a intuir. Me contó sobre los pozos de la vida primigenia, de los manantiales que habían brotado de él, y por último del riachuelo que, procedente de uno de aquellos manantiales, se había fundido inextricablemente con los destinos de nuestro planeta.

Mi cerebro era un torbellino, y donde antes había intentado encontrar una explicación, ahora empezaba a creer en los más anómalos y absurdos prodigios. Las evidencias eran abrumadoras, y la actitud fría y científica de Akeley —una actitud que distaba mucho de lo demencial, de lo fanático, de lo histérico y hasta de lo gratuitamente especulativo— tuvo un fuerte impacto sobre mis facultades críticas. Cuando acabé de leer aquella espeluznante carta pude comprender los temores que Akeley había llegado a albergar, y estaba decidido a hacer hasta lo imposible para mantener alejada a la gente de aquellas colinas despobladas y malditas. Incluso hoy, cuando el transcurso del tiempo ha mitigado la impresión que experimentara y que me hizo replantear mis propias vivencias y mis dolorosas dudas, hay cosas en aquella carta de Akeley que no repetiré, ni siquiera sobre el papel. Casi me alegro de que hayan desaparecido la carta, la grabación y las fotografías... y solo deseo, por razones que enseguida explicaré, que no llegue a descubrirse el nuevo planeta que se encuentra más allá de Neptuno.

Tras la lectura de aquella carta puse punto final a mis polémicas sobre los horrores de Vermont. Las argumentaciones de mis oponentes quedaron sin respuesta o postergadas tras algunas promesas, y con el tiempo la controversia cayó en el olvido. Durante los últimos días de mayo y a lo largo de junio mantuve una correspondencia ininterrumpida con Akeley, si bien, debido a que de vez en cuando se extraviaba una carta, teníamos que volver sobre nuestros pasos y efectuar una ingente labor de reproducción. Lo que intentábamos hacer, en términos generales, era comparar nuestras notas sobre los elementos oscuros de la mitología con el fin de establecer una comparación más precisa de los horrores de Vermont con el *corpus* general de las leyendas primitivas que existían en el mundo.

Casi acordamos que aquellas monstruosidades y el infernal *Mi-Go* del Himalaya pertenecían a la misma categoría de pesadillas encarnadas. También efectuamos fascinantes conjeturas de carácter zoológico que me habría gustado consultar con el profesor Dexter en mi propia universidad si no hubiera sido por la tajante orden de Akeley de no hacer partícipe a nadie del asunto. Si ahora desobedezco esa orden es porque creo que en el actual estado de cosas una advertencia sobre aquellas remotas colinas de Vermont —y sobre las cimas del Himalaya que algunos intrépidos exploradores están cada vez más empeñados en escalar— puede favorecer más la seguridad pública que el silencio. Una cosa que estábamos decididos a descifrar eran los jeroglíficos de aquella ignominiosa piedra negra: algo que muy bien podría hacernos entrar en posesión de secretos más arcanos y asombrosos que cualquiera de los otros hasta entonces conocidos por el hombre.

Capítulo 3

Hacia finales de junio llegó la grabación fonográfica, remitida desde Brattleboro, pues Akeley no confiaba en la seguridad que pudiera ofrecer la sucursal que operaba al norte de dicha ciudad. Tenía la creciente sospecha de que era espiado —sensación que se agravó debido a la pérdida de varias cartas—, y continuamente se refería a las insidias de ciertas personas a las que consideraba instrumentos y agentes de los seres ocultos. De quien más sospechaba era del hosco granjero Walter Brown, que vivía solo en una ruinosa vivienda de una ladera cercana a los frondosos bosques y a menudo era visto holgazaneando por los rincones de Brattleboro, Bellows Falls, Newfane y South Londonderry, de la manera más inexplicable y sin razón aparente. Akeley estaba convencido de que la voz de Brown era una de las que había escuchado en cierta ocasión durante una perturbadora conversación. Y en otro momento vio una extraña huella de garra en los alrededores de la casa de Brown, lo cual consideró una señal siniestra. Se encontraba sospechosamente cerca de algunas pisadas del propio Brown... pisadas que se dirigían hacia la huella.

Así, pues, la grabación fue echada al correo en Brattleboro, adonde la llevó Akeley tras conducir su Ford por los caminos solitarios de Vermont. En la nota que acompañaba a la grabación, confesaba que empezaba a tener miedo de esos caminos, y que ni siquiera se atrevía a ir a Townshend a hacer compras si no era a plena luz del día. Era peligroso saber demasiado, repetía una y otra vez, a menos que uno se encontrara a gran distancia de aquellas colinas inseguras y silenciosas. Pensaba trasladarse pronto a California para vivir con su hijo, por muy duro que resultara abandonar el lugar donde se hallaban todos sus recuerdos y sentimientos familiares.

Antes de poner la grabación en el aparato que pedí prestado al Rectorado de la Universidad, repasé con cuidado todas las explicaciones aparecidas en las diversas cartas de Akeley. Esa grabación, había dicho, fue obtenida alrededor de la una de la madrugada del primer día de mayo de 1915, cerca de la entrada sellada de una caverna donde la frondosa vertiente occidental de la Montaña Oscura se eleva sobre el pantano de Lee. El lugar siempre había estado extrañamente plagado de voces inusuales. Por esa razón había llevado hasta allí el fonógrafo, el dictáfono y cilindros vírgenes, esperando obtener resultados positivos. Anteriores experiencias le habían inducido a creer que Walpurgis —la tenebrosa noche del *sabbath* de las leyendas esotéricas europeas— probablemente sería una fecha más fructífera que cualquier otra... y no quedó decepcionado, si bien debe notarse que nunca más volvió a escuchar voces en aquel lugar.

A diferencia de la mayoría de las voces que se oían en el bosque, el tono de la grabación era casi ritual y contenía una voz innegablemente humana, aunque Akeley nunca había logrado identificarla. No era la de Brown, sino que parecía corresponder a la de un hombre de cultura superior. La segunda voz, sin embargo, constituía un auténtico enigma, pues se trataba del abominable *zumbido* que no guardaba la menor semejanza con un sonido humano, a pesar de expresarse con palabras que denotaban un excelente inglés y un acento académico.

El fonógrafo y el dictáfono no habían funcionado muy bien a lo largo de la grabación, y ello representaba un gran inconveniente debido al sonido distante y amortiguado del ritual, por lo que el registro de las voces llegaba muy fragmentado. Akeley me había facilitado una transcripción de lo que él creía eran las palabras pronunciadas, y volví a repasarla mientras me disponía a escuchar el aparato. El texto tenía más de enigmático que de espantoso, aunque el conocimiento de su origen y el proceso de recopilación le infundiera un halo de horror superior al que cualquier palabra pudiera poseer. Trataré de reproducirlo aquí en su totalidad según lo que recuerdo, aunque estoy convencido de que me lo sé de memoria, no solo porque leí la transcripción, sino porque escuché la grabación infinidad de veces. ¡Y no es algo que uno pueda olvidar con facilidad!

(SONIDOS IRRECONOCIBLES)

(UNA VOZ HUMANA, MASCULINA, CULTA)

... es el Señor de los Bosques, incluso para... y los regalos de los hombres de Leng... desde las profundidades de la noche hasta los abismos del espacio, y desde los abismos del espacio hasta las profunfidades de la noche, alabando siempre al Gran Cthulhu, a Tsathoggua, y a Aquel que no puede ser Nombrado. Alabando siempre, y deseando abundancia al Negro Macho Cabrío de los Bosques. ¡Iä! ¡Shub-Niggurath! ¡El Macho Cabrío de las Mil Crías!

(UN ZUMBIDO IMITANDO EL LENGUAJE HUMANO)

¡Iä! ¡Shub-Niggurath! ¡El Macho Cabrío de las Mil Crías!

(VOZ HUMANA)

Y he aquí que el Señor de los Bosques, siendo... siete y nueve, descendió los peldaños de ónix... le rinde tributo en el Abismo, Azathoth, Aquel de Quien Tú nos has enseñado marav(illas)... sobre las alas de la noche más allá del espacio, más allá de... a Aquello de quien Yuggoth es su criatura más joven, girando solo en el negro éter del círculo exterior...

(VOZ SUSURRANTE)

... ir entre los hombres y encontrar las formas de hacerlo, que Aquel que se encuentra en el Abismo debe conocer. A Nyarlathotep, Poderoso Mensajero, debe dársele cuenta de todo. Y Él tomará la apariencia de los hombres, con la máscara de cera y la indumentaria que esconde, y descenderá del mundo de los Siete Soles para burlar...

(VOZ HUMANA)

(Nyarl)athotep, Gran Mensajero, portador de singular alegría a Yuggoth a través del vacío, Padre del Millón de Privilegiados, Cazador al Acecho entre...

(EL DIÁLOGO SE CORTA AL FINAL DE LA GRABACIÓN)

Tales fueron las palabras que me disponía a escuchar cuando puse en marcha el fonógrafo. Confieso que me embargaban cierto temor y arrepentimiento

49

cuando apreté la palanca y oí el rasgueo de la punta de zafiro en los primeros surcos, y que experimenté una sensación de alivio al comprobar que las primeras palabras, débiles y fragmentadas, procedían de una voz humana: una voz suave y educada, con un ligero acento bostoniano, que no podía pertenecer a ningún nativo de la región montañosa de Vermont. Mientras escuchaba aquellas hipnóticas y tenues voces, me pareció que el diálogo no difería en nada de la precisa transcripción preparada por Akeley. En la grabación se escuchaba aquella suave voz bostoniana que salmodiaba... «¡Iä! ¡Shub-Niggurath! ¡El Macho Cabrío de las Mil Crías!...»

Y entonces oí *la otra voz*. Incluso hoy vuelvo a estremecerme cuando recuerdo la tremenda impresión que me causó, pese a estar advertido por Akeley. Aquellos a quienes he descrito la grabación se muestran proclives a no admitir más que una burda patraña o una muestra de locura, pero estoy convencido de que pensarían distinto *si hubieran escuchado por sí mismos aquella cosa abominable* o hubiesen leído la abultada correspondencia de Akeley (sobre todo, esa terrible y erudita segunda carta). Después de todo, es una verdadera lástima que no me hubiera atrevido a desobedecer a Akeley para permitir que otros escucharan la grabación... y no es menos lamentable, asimismo, que todas sus cartas se perdieran. A mí, que escuché de primera mano los verdaderos sonidos, y que conocía el trasfondo y las circunstancias en que se efectuó la grabación, aquella voz me pareció una realidad monstruosa. Secundaba de inmediato a la voz humana en ritual respuesta, pero en mi imaginación se mostraba como un eco siniestro que se abría paso entre los insondables abismos de infiernos cósmicos inconcebibles. Hace ya más de dos años que escuché por última vez aquel sacrílego cilindro de cera, pero aun hoy, y en todo momento, todavía puedo oír aquel tenue y diabólico susurro, tal como alcancé a escucharlo por vez primera: «¡Iä! ¡Shub-Niggurath! ¡El Negro Macho Cabrío de las Mil Crías!»

Y aunque aquella voz no me abandona, todavía no he logrado analizarla lo bastante bien como para dar una descripción precisa de ella. Era como el rumor de algún repugnante y enorme insecto, que hubiera adoptado el habla articulada de una especie alienígena, y estoy convencido de que los órganos que lo producían no guardaban la menor semejanza con los órganos vocales del hombre, ni con los de ningún mamífero conocido. Poseía ciertas peculiaridades de timbre, tono y matices que colocaban este fenómeno en un terreno completamente ajeno a lo humano y a la vida en este planeta. Apenas llegó a mis oídos, quedé aturdido, por lo que escuché el resto de la grabación sumido en una especie de letargo. Cuando los susurros iniciaron el pasaje más extenso, aumentó la intensidad de aquella sensación de infinitud blasfema que me había impactado durante el breve pasaje precedente. Al final la grabación se interrumpió en el momento en que mejor se oía la voz humana de acento bostoniano, pero yo me quedé sentado durante un largo rato, después que se detuviera la grabación, con la mirada perdida en el vacío.

Huelga decir que la escuché muchas veces más y que hice exhaustivos intentos para analizarla y comentarla tras comparar mis notas con las de Akeley. Sería inútil y perturbador repetir aquí todo lo que sacamos en conclusión, pero puedo adelantar que creíamos haber dado con una pista sobre el origen de algunas de las costumbres más primitivas y repulsivas de las más antiguas religiones secretas de la humanidad. Nos parecía evidente, asimismo, que existían antiguas y complejas alianzas entre aquellos misteriosos seres alienígenas y ciertos individuos de la especie humana. Nos resultaba imposible averiguar hasta dónde llegaban tales alianzas y cómo podría compararse su estado actual con el de épocas pretéritas, pero en cualquier caso las posibilidades daban lugar a una infinidad de escalofriantes especulaciones. Parecían existir diversas etapas de un vínculo inmemorial y terrible entre el hombre y el cosmos desconocido. Todo indicaba que los espantosos seres que aparecieron sobre la Tierra procedían del tenebroso planeta Yuggoth, situado en los confines del sistema solar; pero este no era sino el puesto de avanzada de una temible raza interestelar cuyo origen debe hallarse mucho más allá del continuo espacio-tiempo einsteniano o de todo el universo conocido.

Entretanto, seguíamos discutiendo sobre la piedra negra y sobre la mejor forma de enviarla a Arkham, pues Akeley no estimaba aconsejable que yo fuera a visitarle al mismo escenario de sus alucinantes investigaciones. Por una u otra razón, temía confiar su traslado a cualquiera de los medios habituales o convencionales. Finalmente, decidió que lo mejor sería llevarla campo traviesa hasta Bellows Falls, y desde allí enviarla por Boston y Maine a través de Keene, Winchendon y Fitchburg, aunque para ello necesitara conducir por caminos de montaña más solitarios y rodeados de bosques que el de la carretera principal que conducía a Brattleboro. Dijo que, cuando envió la grabación fonográfica, había visto a un hombre de apariencia y ademanes nada tranquilizadores, merodeando por la oficina de correos de Brattleboro. Aquel hombre pareció tener un gran interés en hablar con los empleados de correos, y tomó el mismo tren donde iba la grabación. Akeley confesó que no se había sentido del todo tranquilo hasta que no recibió noticias mías diciéndole que la grabación estaba a buen recaudo.

Por aquellos días —corría la segunda semana de julio— se extravió otra carta mía, según me enteré por un recado algo nervioso de Akeley. Después de aquello, me dijo que no volviera a escribirle a Townshend y que enviase todas mis cartas a la Oficina General de Correos de Brattleboro, que visitaba con frecuencia bien en su coche o en un autobús de la línea regular que había sustituido el lento servicio de ferrocarril. Me di cuenta de que su ansiedad iba en aumento, porque comentaba con mucho detalle los ladridos cada vez frecuentes de los perros en las noches sin luna y las frescas huellas de garras que a veces encontraba al amanecer en el camino y el lodo de la parte posterior de su granja. En cierta ocasión me habló de todo un ejército de huellas alineadas que se hallaban frente a una gran cantidad de huellas de perros, y para demostrarlo me envió una perturbadora instantánea. La foto fue tomada a raíz de una noche en que los perros habían ladrado y aullado más que nunca.

La mañana del miércoles 18 de julio recibí un telegrama de Bellows Falls en el que Akeley me comunicaba el envío de la piedra negra en el tren 5508 de la compañía B. & M. que salía de Bellows Falls a las 12:15 p.m. y que estaba programado para llegar a las 4:12 p.m. a la estación del Norte de Boston. Calculé que llegaría a Arkham hacia el mediodía siguiente, por lo que permanecí allí toda la mañana del jueves para recibirlo. Pero viendo que daban las 12 y no llegaba nada, llamé por teléfono a la oficina de correos donde me informaron que no se había recibido ningún envío a mi nombre. A renglón seguido, y en medio de una creciente alarma, llamé por larga distancia al agente de correos de la estación del norte de Boston... y apenas me sorprendí al enterarme de que mi envío no aparecía. El tren 5508 había llegado con solo 35 minutos de retraso el día anterior, pero en él no había ningún paquete para mí. Con todo, el agente me prometió realizar una investigación para ver si aparecía. El día concluyó con una carta que le envié a Akeley por la noche en la que le daba cuenta de la situación.

A la tarde siguiente llegó, con encomiable prontitud, un informe de la oficina de Boston, dando parte de la llamada del agente que había telefoneado en cuanto se enteró de algo. Al parecer, el empleado de servicio en el tren 5508 recordaba un incidente que tal vez se relacionara con la pérdida de mi paquete: una discusión con un hombre de voz rara, aspecto campesino, contextura delgada y cabello claro, mientras el tren estaba estacionado en Keene, New Hampshire, poco después de la una de la tarde.

El hombre en cuestión, siguió diciendo el empleado, se hallaba muy nervioso a propósito de una pesada caja que aseguró estar esperando, pero que no estaba en el tren ni figuraba en los registros de la compañía. Afirmó llamarse Stanley Adams, y tenía un tono de voz tan espeso y susurrante que el empleado se sintió extrañamente indispuesto y aletargado mientras lo escuchaba. El empleado no podía recordar el final de la conversación, aunque sí se espabiló en el instante en que el tren volvía a ponerse en marcha. El agente de Boston añadió que aquel empleado era un joven de honestidad y confianza a toda prueba, con buenos antecedentes y con mucho tiempo de servicio en la compañía.

Aquella misma tarde me fui a Boston a entrevistarme con el empleado en cuestión, después de conseguir su nombre y dirección de la oficina. Era un tipo abierto y simpático, pero no tardé en comprender que nada nuevo podía añadir a lo ya dicho. Por raro que parezca, ni siquiera estaba seguro de poder identificar al extraño que le hizo la pregunta. Tras darme cuenta de que no tenía nada más que decir, regresé a Arkham y me pasé la noche entera escribiendo cartas a Akeley, a la compañía de correos, al departamento de policía y al agente de la estación de Keene. A mi juicio, aquel individuo de voz singular que había afectado de un modo tan raro al empleado tuvo que haber desempeñado un papel fundamental en todo el desagradable asunto, y esperaba que los empleados de la estación de Keene y los archivos de la oficina de telégrafos pudieran decirme algo acerca de su persona y de la manera en que realizó su pesquisa.

Sin embargo, debo admitir que todas mis indagaciones resultaron infructuosas. Al hombre de la voz rara se le había visto en las inmediaciones de la estación de Keene a primeras horas de la tarde del 18 de julio, y un viajero a duras penas recordaba haberlo visto con una pesada caja, pero era alguien completamente desconocido para él y no había vuelto a verle desde entonces. El personaje no había pasado por la oficina de telégrafos ni había recibido ningún mensaje; tampoco había llegado a la oficina ningún telegrama que pudiera relacionarse con la presencia de la piedra negra en el tren 5508. Naturalmente, Akeley colaboró conmigo en las investigaciones, y hasta se desplazó a Keene para interrogar al personal de servicio en la estación, pero su actitud era más pesimista que la mía. Para él, la pérdida de la caja era un síntoma crucial y amenazador que nada bueno presagiaba, y no tenía la menor esperanza de recuperarla. Hablaba de los indudables poderes telepáticos e hipnóticos de los seres de las colinas y sus intermediarios, y en una carta expresaba su creencia de que la piedra ya no se encontraba en nuestro planeta. Por mi parte estaba enfurecido y con razón, pues me había hecho la idea de que al menos tendría una oportunidad para enterarme de cosas abismales y sorprendentes por medio de los antiguos e indescifrables jeroglíficos. Aquello me habría dejado amargado por algún tiempo de no ser porque las subsecuentes cartas de Akeley hicieran que todo ese espantoso asunto de las colinas entrara en una nueva fase que acaparó de inmediato toda mi atención.

Capítulo 4

Los seres desconocidos, me escribía Akeley con una caligrafía cada vez más temblorosa, habían empezado a montar un cerco en torno a él con mayor determinación. Los ladridos nocturnos de los perros, que ocurrían cuando no había luna o apenas brillaba, se habían vuelto espeluznantes, y ya se habían producido intentos de atacarle en las solitarias carreteras por las que transitaba durante el día. El 2 de agosto, mientras se dirigía al pueblo en su coche, encontró un tronco de árbol en medio del camino, en un lugar donde la carretera atravesaba una zona espesa del bosque; los furiosos ladridos de los dos perros que lo acompañaban le indicaron a las claras que ciertas criaturas debieron encontrarse al acecho en las cercanías. No se atrevía a imaginar lo que hubiera sucedido de no haber sido por sus perros. Pero en lo sucesivo no volvió a salir si no estaba acompañado por dos animales, al menos, de su fiel y poderosa jauría. Tuvo otros incidentes en la carretera los días 5 y 6 del mismo mes. En una ocasión un proyectil pasó rozando su coche; y en otra, los ladridos de los perros le advirtieron de presencias peligrosas en el bosque.

El 15 de agosto recibí una desesperada carta que me intranquilizó mucho, hasta el punto de hacerme desear que Akeley dejase a un lado su pertinaz reticencia y acudiese a la justicia en busca de ayuda. En la noche del 12 al 13 se habían producido eventos temibles: se oyeron varios disparos en el exterior de la granja, y tres de los doce perros aparecieron muertos por disparos a la mañana siguiente. Encontró miríadas de huellas de garras en el camino, entre las que podían distinguirse las pisadas humanas de Walter Brown. Akeley intentó telefonear a Brattleboro para que le enviasen más perros, pero la comunicación se cortó apenas comenzó a hablar. Posteriormente se fue en coche a Brattleboro, donde se enteró de que los instaladores de líneas telefónicas habían encontrado el cable principal cortado con suma precisión en la zona donde atravesaba las colinas desiertas al norte de Newfane. Pero Akeley ya se disponía a regresar a su casa con cuatro nuevos y excelentes sabuesos y varias cajas de municiones para su rifle de gran calibre. La carta, escrita en la oficina de correos de Brattleboro, llegó a mis manos sin ningún retraso.

En poco tiempo, mi interés hacia todo este asunto pasó de ser científico a transformarse en una preocupación personal. Temía por Akeley en su remota y solitaria granja, e incluso albergaba temores por mí mismo a causa de todo lo que sabía en relación con el caso. Aquello trascendía toda lógica. ¿Acabaría también por absorberme y engullirme? Cuando respondí a la carta de Akeley le insté para que buscara ayuda, insinuándole que si no lo hacía él lo haría yo. Le hablé de mi intención de ir a Vermont en persona, contrariando sus deseos, y de ayudarle a explicar el caso a las autoridades competentes. Sin embargo, por toda respuesta recibí un telegrama expedido en Bellows Falls que decía así:

AGRADEZCO INTENCIÓN PERO NO HAY NADA QUE HACER.
QUÉDESE TRANQUILO PUES PODRÍA PERJUDICARNOS A AMBOS.
ESPERE EXPLICACIÓN.
HENRY AKELY

Pero el asunto se complicaba cada vez más. Tras contestar al telegrama, recibí una temblorosa nota de Akeley con la sorprendente noticia de que no solo no me había enviado ese telegrama, sino que tampoco le había llegado mi carta a la que aquel había respondido. Tras unas rápidas indagaciones en Bellows Falls, comprobó que el telegrama había sido cursado por un extraño individuo de cabellos claros y voz curiosamente densa y susurrante, pero eso fue todo lo que pudo averiguar. El funcionario de telégrafos le enseñó el texto original garrapateado a lápiz por el remitente, pero la caligrafía resultaba completamente desconocida. Había un error en la firma, escrita como Akely, sin la segunda E. Ciertas conjeturas eran obvias, pero inmerso en la crisis, no se detuvo a meditar en ellas.

Contaba sobre la muerte de más perros, la compra de otros nuevos, y el cruce de disparos que se había convertido en una constante durante las noches sin luna. Las huellas de Brown, y de al menos uno o dos seres humanos más, ahora acompañaban a menudo las huellas de garras que aparecían en el camino y en la parte trasera de la granja. Akeley reconocía que la situación se había vuelto insoportable, y que lo más probable era que tuviera que marcharse a California con su hijo, vendiera o no la vieja casa. Pero no era fácil abandonar el único lugar que podía considerar su hogar. Trataría de quedarse allí un poco más. Tal vez conseguiría ahuyentar a los intrusos… sobre todo si abandonaba de una vez cualquier intento por indagar en sus secretos.

Le contesté enseguida, repitiendo mis ofertas de ayuda, y le hablé otra vez de visitarle y ayudarle a convencer a las autoridades del peligro que corría. En su respuesta parecía menos predispuesto contra el plan de lo que su anterior actitud habría hecho suponer, aunque dijo que le gustaría aplazar su salida unos días más... justo el tiempo suficiente para poner en orden sus cosas y hacerse a la idea de que tenía que abandonar aquel sitio tan querido. La gente miraba con desconfianzas sus estudios e investigaciones, y sería mejor marcharse con discreción para que no estallara un escándalo que multiplicara las dudas sobre su salud mental. Admitió que estaba harto, pero quería marcharse de un modo digno si le era posible.

Esta carta llegó a mis manos el 28 de agosto. De inmediato le escribí y eché al correo una respuesta donde lo animaba en sus proyectos. Por lo visto, mis palabras de ánimo surtieron efecto, pues Akeley tenía menos horrores que informar cuando me contestó. Sin embargo, no se hacía muchas ilusiones, y me hizo saber que creía que lo único que contenía a aquellas criaturas era que había luna llena. Confiaba en que no hubiese muchas noches nubladas, y de pasada hablaba de irse a una pensión a Brattleboro cuando la luna empezara a menguar. Volví a escribirle en tono animoso, pero el 5 de septiembre me llegó una carta que sin duda debió cruzarse con la mía en el correo... y esta vez sí que me fue imposible darle ninguna respuesta alentadora. En vista de su importancia creo que lo mejor será transcribirla íntegramente, todo lo mejor que mi memoria me permita recordar aquella temblorosa letra. En esencia decía:

Lunes

Querido Wilmarth:

Esta es una posdata más bien desesperanzada a mi última carta. Anoche el cielo estaba plagado de nubes —aunque no llovió— y no había claridad alguna procedente de la luna. La situación ha empeorado mucho y creo que el final se acerca, pese a lo que esperábamos. Después de la medianoche, algo aterrizó sobre el tejado de la casa y los perros corrieron a averiguar para ver qué pasaba. Les oí ladrar y aullar, y luego uno consiguió encaramarse al tejado saltando desde el alero inferior. Se entabló una feroz lucha allá arriba, y oí un espantoso zumbido que nunca olvidaré. Luego llegó hasta mí un hedor horrible. Casi al mismo tiempo, unos proyectiles atravesaron la ventana y estuvieron a punto de alcanzarme. En mi opinión, una tropa de estas criaturas de las colinas se acercó a la casa mientras los perros estaban pendientes de lo que sucedía en el tejado. Ignoro qué pasaría allí, pero me temo que esos seres están aprendiendo a manejar mejor sus alas. Apagué la luz y utilicé las ventanas a modo de troneras, barriendo los alrededores de la casa con fuego de rifle que apunté lo bastante alto como para no herir a los perros. Eso pareció poner fin al asunto, pero a la mañana siguiente descubrí grandes charcos de sangre en el patio, además de otros con una sustancia verde y viscosa que despedía el olor más nauseabundo que mi memoria recuerda. Me encaramé al tejado, donde encontré más restos de esa sustancia viscosa. Cinco perros estaban muertos. Me temo que a uno lo maté yo porque fallé al apuntar hacia lo alto, ya que tenía un tiro en el lomo. Ahora estoy cambiando los cristales que se rompieron a causa de los disparos, y dentro de unos momentos salgo para Brattleboro en busca de más perros. Los hombres de las perreras deben creer que estoy loco. Le pondré otra nota a la vuelta. Espero poder mudarme dentro de una o dos semanas, aunque la idea me mata.

Con gran prisa, Akeley.

Pero esta no fue la única carta de Akeley que se cruzó con otra mía. A la mañana siguiente —6 de septiembre— recibí otra. Esta vez eran unos garabatos mal trazados que me desconcertaron por completo y que me dejaron sin saber qué decir o hacer. Una vez más, lo mejor será que reproduzca el texto de la carta con la mayor fidelidad que la memoria me permita.

Martes

No se abrió ningún claro en las nubes, de modo que tampoco hubo luna, la cual, por otro lado, está en fase de cuarto menguante. Si no fuera porque sé que cortarían los cables cada vez que los arreglan, pondría electricidad en la casa e instalaría un reflector.

Creo que voy a volverme loco. Es posible que todo lo que le he escrito no sea más que un sueño o una locura. Si antes la cosa ya iba mal, ahora sobrepasa todo lo imaginable. Anoche me hablaron... me hablaron con esa voz susurrante y abominable y me contaron cosas que no me atrevo a repetir aquí. Les oí con toda nitidez a pesar de los ladridos de los perros, y en cierto momento en que empezaba a no oírseles, una voz humana acudió en su ayuda. No se meta en esto, Wilmarth. Es mucho peor de lo que sospechábamos. Ahora no quieren dejarme ir a California: quieren llevarme vivo —o lo que teórica y mentalmente equivale a estar vivo— no solo a Yuggoth, sino mucho más allá, fuera de los límites de la galaxia, y tal vez hasta de los límites del universo. Les dije que no iría adonde ellos pretenden, que no me dejaría llevar de la manera tan horrible que proponen, pero temo que todo sea inútil. Mi casa está tan apartada que dentro de poco podrán venir lo mismo de día que de noche. Seis perros más han muerto, y hoy, mientras me dirigía a Brattleboro, sentí que me observaban desde los bosques que bordean el camino.

Fue un error enviarle la grabación fonográfica y la piedra negra. Será mejor que destruya la grabación antes de que sea demasiado tarde. Le pondré unas líneas mañana, si es que todavía sigo aquí. Me gustaría llevarme mis libros y otras pertenencias a Brattleboro y alojarme en alguna pensión. Si pudiera, huiría ahora mismo y lo dejaría todo atrás, pero hay algo en mi interior que me lo impide. Podría escaparme a Brattleboro, donde estaría a salvo, pero tengo la impresión de que allí me sentiría tan prisionero como en mi casa. Y en el fondo creo que no podría llegar muy lejos, aunque lo intentara. Es espantoso… No se mezcle en esto.

Atentamente, Akeley.

Después de leer este escalofriante mensaje, no dormí en toda la noche. No sabía qué pensar acerca del estado mental de Akeley. El contenido de la carta era completamente demencial, pero la forma de expresarlo —teniendo en cuenta todo lo acontecido— poseía una sombría nota de autenticidad. Decidí no contestar, pensando que sería mejor aguardar hasta que Akeley dispusiera de tiempo para responder a mi última carta. Su respuesta llegó al día siguiente, pero las noticias que traía eclipsaron todo lo que se planteaba en la carta a la que en teoría respondía. Esto es lo que recuerdo de ese texto, garrapateado y lleno de tachaduras debido a una redacción frenética y apresurada.

Miércoles
W…
Recibí su carta, pero es inútil seguir hablando sobre el tema. Estoy completamente resignado. Me sorprende

que aún me queden fuerzas para resistir. No podría escapar ni siquiera aunque estuviera dispuesto a abandonarlo todo y salir corriendo. Me atraparían.

Ayer recibí carta de ellos… La trajo un hombre del correo rural mientras yo estaba en Brattleboro. Había sido mecanografiada y llevaba matasellos de Bellows Falls. En ella revelan lo que quieren hacer conmigo… No me atrevo a repetirlo. ¡Tenga cuidado, Wilmarth! Destruya la grabación. Las noches nubladas continúan y la luna mengua cada vez más. Quisiera decidirme y pedir auxilio —tal vez eso me ayudaría a recobrar mi fuerza de voluntad—, pero cualquiera que viniese para socorrerme pensaría que estoy loco, a no ser que le presentara alguna prueba. No puedo pedirle a nadie que venga sin motivos… No tengo ni he tenido contacto con otras personas en muchos años.

Pero aún no le he contado lo peor, Wilmarth. Prepárese para leer lo que sigue, pues se va a llevar una gran sorpresa. Pero le aseguro que es la pura verdad… y es esta: *he visto y tocado a una de esas cosas,* o al menos una parte de esas cosas. ¡Dios mío, fue horrible! Estaba muerta, naturalmente. Esta mañana la encontré junto a la perrera: ¡uno de los perros la tenía entre sus garras! Traté de esconderla en la leñera para mostrarla y convencer a mis vecinos, pero en unas horas se evaporó. No quedaron rastros. Como ya sabe, todas esas cosas que flotaban en los ríos solo fueron vistas la primera mañana después de la inundación. Y aquí viene lo peor. Traté de fotografiarlo para mostrárselo luego, pero cuando revelé la película *en ella no se veía más que la leñera.* ¿De qué podía estar hecho ese ser? Lo vi y lo toqué, y todos dejan huellas. Sin duda estaba hecho de materia, pero ¿qué clase de materia? No sabría describir su forma. Era un enorme cangrejo, con un montón de anillos o nudos carnosos y piramidales, hechos de una sustancia espesa y viscosa, cubierto de tentáculos en el sitio donde un hombre tendría la cabeza. Aquella sustancia verde y pegajosa es su sangre o plasma. Y a cada momento que pasa llegan más al planeta.

Walter Brown ha desaparecido. No se le ha visto merodeando por ninguno de sus frecuentados rincones en los pueblos aledaños. Uno de mis disparos debió alcanzarle, aunque aquellas criaturas se llevan siempre consigo a sus muertos y heridos.

Esta tarde acudí a la ciudad y no tuve el menor contratiempo, pero me temo que comienzan a retraerse porque me saben a su merced. Estoy escribiendo esta carta desde la oficina de correos de Brattleboro. Tal vez sea una despedida. En tal caso, escriba a mi hijo George Goodenough Akeley, 176 Pleasant St., San Diego, California, *pero no venga hasta aquí.* Escríbale a mi hijo si no vuelve a saber de mí dentro de una semana... y esté atento a las noticias de los periódicos.

Voy a jugarme las dos últimas cartas que me quedan... si es que aún me queda fuerza de voluntad. La primera es tratar de envenenar con gas a esas cosas (tengo los productos químicos necesarios, y he fabricado máscaras para mí y para los perros), y si veo que no da resultado, iré a contárselo al *sheriff*. Es posible que me encierren en un manicomio, pero en cualquier caso será siempre preferible a lo que esas otras criaturas harían conmigo. Tal vez pueda conseguir que presten atención a las huellas que hay alrededor de la casa: son borrosas, pero puedo verlas todas las mañanas. También podría suceder que la policía diga que trato de engañarlos, pues todos piensan que soy un tipo raro.

Debería tratar de que un policía pasara una noche aquí y lo viera todo con sus propios ojos, aunque lo más probable es que las criaturas se enteren y no aparezcan. Me cortan los cables cada vez que intento telefonear de noche. Los empleados de la compañía telefónica lo encuentran todo muy raro y quizá puedan testimoniar a mi favor... si es que no llegan a creer que yo mismo los corto. Hace ya más de una semana que no les pido que los reparen.

También podría intentar que algún campesino de los alrededores atestiguara a mi favor sobre la realidad de estos horrores, pero todo el mundo se burla de lo que dicen y, por otro lado, hace tanto tiempo que ellos evitan mi casa que no saben nada de lo que está pasando. Ninguno de esos pobres granjeros se acercaría a una milla de mi casa ni por todo el oro del mundo. El cartero les oye hablar y luego viene a contármelo en tono jocoso... ¡Dios mío! Si me atreviera a decirle que todo es verdad. Creo que lo mejor sería llevarle a ver las huellas, pero siempre viene por la tarde y para entonces, por lo general, ya se han borrado. Y si tratara de conservar una, poniendo encima una caja o una cazuela, seguramente pensaría que se trata de una broma o un chiste.

Ojalá no me hubiera convertido en un ermitaño, pues la gente ya no pasa a visitarme como antes. Nunca me he atrevido a mostrar la piedra negra o las fotografías, ni he permitido que nadie escuchara la grabación, salvo esa gente sencilla. Los demás hubieran creído que todo es una patraña y se habrían echado a reír. Pero aún puedo intentar enseñarles las fotos. En ellas pueden verse claramente las huellas de garras, aunque allí no aparezcan los seres que las dejaron. ¡Qué lástima que nadie más viera esa cosa esta mañana, antes de que se evaporara!

Pero no sé por qué me preocupo. Después de todo lo que he pasado, tan bueno es un manicomio como cualquier otro lugar. Los médicos podrían ayudarme a decidir que abandonara la casa, y esa podría ser mi salvación.

Escriba a mi hijo George si no escucha de mí pronto. Adiós, destruya la grabación y no se meta para nada en esto.

Atentamente, Akeley

Debo confesar que esta carta me sumió en un profundo estado de terror. No supe qué responder, así que me limité a garrapatear algunas frases incoherentes de consejo y aliento, y les envié por correo certificado. Recuerdo que insté a Akeley para que se trasladara de inmediato a Brattleboro y se pusiera bajo la protección de las autoridades, añadiendo que yo acudiría hacia allá con la grabación fonográfica para ayudar a convencer a los jueces de su cordura. Creo que le decía también que había llegado el momento de alertar a la gente sobre la presencia de tales seres. Conviene señalar que en aquellos momentos de tensión ya creía prácticamente en todo lo que decía Akeley, aunque pensaba que la culpa de que no hubiera conseguido una foto del monstruo muerto se debía más a su nerviosismo que a algún extraño fenómeno de la Naturaleza.

Capítulo 5

Poco después, el sábado 8 de septiembre por la tarde, tras cruzarse al parecer con mi incoherente nota, recibí aquella carta sosegada y curiosamente diferente, mecanografiada con pulcritud en una máquina a todas luces nueva, en la que trataba de tranquilizarme y me hacía una invitación. En ella se operaba un prodigioso cambio en medio del alucinante drama de las colinas solitarias. De nuevo echo mano a la memoria para reproducirla, y en esta ocasión, por motivos especiales, trataré de atenerme con la mayor fidelidad posible al estilo. Llevaba matasellos de Bellows Falls, y tanto el texto de la carta como la firma estaban hechos a máquina, como suele ser corriente entre quienes aprenden mecanografía. El texto, sin embargo, mostraba una gran precisión para tratarse de un aprendiz, por lo que deduje que Akeley debió escribir a máquina en algún momento de su vida, quizá en sus años universitarios. Si bien es cierto que la carta me tranquilizó bastante, bajo aquel alivio experimenté una sensación de desasosiego. Si Akeley había estado en su sano juicio cuando expresaba su terror, ¿también lo estaría ahora en su nuevo predicamento? Y esas «mejores relaciones» a que se refería, ¿qué eran exactamente? Aquello suponía un cambio radical en la actitud que hasta entonces había mostrado Akeley. Pero será mejor que reproduzca el texto, transcrito con la mayor fidelidad, gracias a una memoria de la que, modestamente, me enorgullezco.

Townshend, Vermont.
Jueves, 6 de septiembre de 1928.

Mi querido Wilmarth:
Es para mí un gran placer poder tranquilizarle con respecto a todas las tonterías que le he estado escribiendo. Digo «tonterías», aunque con ello me refiero más a mi actitud asustadiza que a mis descripciones de ciertos fenómenos. Tales fenómenos son auténticos y, sin duda, importantes. Mi error ha radicado en la anómala actitud que mantuve ante ellos.

Creo haberle dicho que mis extraños visitantes habían empezado a comunicarse conmigo y a intentar establecer una comunicación. Anoche se materializó el diálogo. En respuesta a ciertas señales que me hicieron, dejé entrar en casa a un mensajero suyo... Me refiero a un ser humano como yo. Me contó cosas que ni usted ni yo nos habríamos atrevido siquiera a imaginar, y me demostró cuán equivocados estábamos en nuestros juicios y conjeturas sobre la razón por la que los Seres del Espacio mantienen una colonia secreta en este planeta.

Al parecer, las siniestras leyendas sobre lo que ofrecen a los hombres y esperan obtener de la Tierra son el resultado de una interpretación errónea del lenguaje alegórico —un lenguaje moldeado por tradiciones culturales y hábitos mentales muy distintos de los nuestros. Mis propias conjeturas, debo reconocerlo, eran tan erróneas como podrían serlo las suposiciones de cualquier campesino analfabeto o de un indio salvaje. Lo que en un principio había juzgado como malsano, abominable y degradante en realidad es algo sorprendente que amplía las fronteras de la mente y hasta resulta maravilloso. Mi anterior juicio no era sino un aspecto de la eterna tendencia humana a odiar, temer y despreciar lo que resulta radicalmente distinto.

Ahora lamento el daño que he infligido a esos seres desconocidos e increíbles en el curso de nuestras escaramuzas nocturnas. Ojalá hubiera aceptado a hablar pacífica y razonablemente con ellos desde el principio. Pero no me guardan rencor. Sus emociones se rigen por un código muy diferente al nuestro. Tuvieron la desgracia de que sus agentes humanos en Vermont, como el difunto Walter Brown, fueran tipos de baja calaña. Por culpa de Brown he albergado grandes prejuicios contra ellos. Pero lo cierto es que nunca han causado, de manera consciente, ningún daño a los hombres, si bien nuestra especie les ha espiado y juzgado cruelmente. Hay todo un culto secreto practicado por hombres perversos (un hombre con su erudición mística me entenderá perfectamente cuando lo relaciono con Hastur y la Señal Amarilla) cuya finalidad es seguirles la pista y hacerles daño en nombre de abominables poderes procedentes de otras dimensiones. Las drásticas medidas de precaución que han adoptado los Seres del Espacio van dirigidas contra tales agresores, y no contra la especie humana en general. Por cierto, me enteré de que muchas de nuestras cartas perdidas no fueron robadas por Ellos, sino por los emisarios de este culto maligno.

Lo único que los Seres del Espacio desean del hombre es paz, no ser molestados y relaciones intelectuales cada vez mejores. Esto último les resulta absolutamente imprescindible en estos momentos en que nuestras invenciones y maquinarias expanden los límites de nuestro conocimiento y de nuestras acciones, y dificultan la existencia secreta de las necesarias avanzadillas de los Seres del Espacio en este planeta. Estos seres alienígenas desean tener un conocimiento más profundo del hombre, y que algunos de los más prominentes filósofos y científicos de la humanidad sepan más sobre ellos. Con semejante intercambio de conocimientos, desaparecerían todas las amenazas y se establecería un *modus vivendi* que fuera de provecho común. La sola idea de que intentan esclavizar o humillar a la especie humana resulta ridícula.

Para iniciar estas nuevas relaciones, los Seres del Espacio han decidido elegirme —debido al enorme conocimiento que ya tengo de ellos— como su principal intérprete en la Tierra. Anoche me revelaron muchas cosas —hechos de la más sorprendente naturaleza que abren insospechadas perspectivas—, y mucho más se me dará a conocer en lo sucesivo, tanto de palabra como por escrito. Por ahora no se me pedirá que haga ningún viaje al espacio, aunque tal vez desearé hacerlo más adelante. En ese caso emplearé medios especiales y trascenderé todo lo que hasta ahora estamos acostumbrados a considerar como experiencia humana. En lo sucesivo no volverán a asediar más mi casa. Todo ha vuelto a la normalidad y los perros no tendrán de qué ocuparse. Ya no vivo aterrorizado. Se me ha presentado una gran oportunidad de conocimientos y de aventura intelectual que pocos mortales han podido disfrutar hasta ahora.

Los Seres del Espacio son quizá las entidades orgánicas más maravillosas que existen en o más allá del espacio y el tiempo. Pertenecen a una raza cósmica de la que el resto de las formas de vida son meras variaciones degradadas. Son más vegetales que animales, si es que tales términos pueden aplicarse a la materia de que están formados, y tienen un aspecto un tanto fungiforme, aunque la presencia de una sustancia semejante a la clorofila y un sistema digestivo muy peculiar les distingue de los auténticos hongos cormofíticos. En realidad, están formados por una materia totalmente desconocida en el sector del espacio donde habitamos, con electrones que cuentan con frecuencias vibratorias muy distintas. Por eso las imágenes de esos seres no pueden ser fotografiadas usando placas y películas ordinarias, aunque nuestros ojos puedan verlos. No obstante, con el conocimiento apropiado, cualquier buen especialista en química podría hacer una emulsión fotográfica que captara sus imágenes.

Los Seres del Espacio tienen una extraordinaria capacidad para atravesar el vacío interestelar, donde no hay aire ni calor, con sus propios cuerpos, aunque algunas de sus variantes biológicas solo pueden hacerlo con ayuda mecánica o con curiosos trasplantes quirúrgicos. Solo algunas especies poseen las alas resistentes al éter, que son características de la variedad en Vermont. Las que habitan en ciertas cumbres remotas de Europa llegaron por otros medios. Su semejanza externa con la vida animal, y con el tipo de estructura que consideramos material, es una cuestión de evolución paralela más que de estrecho parentesco. Su capacidad cerebral sobrepasa la de cualquier otra forma de vida existente, aunque las especies aladas de nuestra región montañosa distan mucho de ser las de mayor desarrollo. La telepatía es su medio habitual de comunicación, si bien poseen unos órganos vocales rudimentarios que, mediante una pequeña intervención quirúrgica —pues la cirugía, que ha alcanzado un gran desarrollo, es algo común entre ellos—, pueden permitirles imitar el habla de aquellas especies que todavía la usan.

Su principal morada inmediata es un planeta aún sin descubrir y casi sin luz, situado en el confín mismo de nuestro sistema solar: más allá de Neptuno y el noveno a partir del Sol. Es, como habíamos supuesto, el objeto al cual denominan místicamente «Yuggoth» en ciertos textos antiguos y prohibidos, y pronto será el escenario de una extraña proyección mental sobre nuestro mundo con el fin de facilitar las relaciones intelectuales. No me sorprendería que los astrónomos se mostraran lo suficientemente sensibles a estas proyecciones y descubrieran Yuggoth cuando los Seres del Espacio lo consideren oportuno. Pero Yuggoth, por supuesto, es solo el principio. La mayor parte de estos seres habita en abismos dotados de una extraña organización fuera del alcance de la imaginación humana. La pequeña burbuja del espacio-tiempo que identificamos como la totalidad del cosmos no es sino un átomo de la verdadera infinitud que ellos dominan. Y con el tiempo me mostrarán todo lo que un cerebro humano es capaz de comprender sobre esa infinidad —algo que solo se ha hecho con menos de cincuenta individuos desde los comienzos de la humanidad.

Es posible que, al principio, esto le parezca un desvarío, pero con el tiempo se dará perfecta cuenta de la increíble oportunidad que se me presenta. Mi deseo es que comparta conmigo todo lo posible de esta experiencia, y por ello debo contarle miles de cosas que no puedo reproducir sobre el papel. Hasta hoy le había aconsejado que no viniera a verme. Pero ahora que todo va bien, sería para mí un gran placer que olvidara mi advertencia y aceptase ser mi huésped.

¿No podría darse una vuelta por aquí antes de que iniciara el curso en la universidad? Sería realmente maravilloso si pudiera hacerlo. Traiga la grabación fonográfica y todas las cartas que le he escrito para usarlas como referencia: las necesitaremos para reconstruir esta impresionante historia. Le agradecería que trajese también las fotografías, pues con la emoción de estos días parece que he extraviado los negativos y mis propias fotos. No se imagina la cantidad de datos que voy a agregar a este tentador y sugerente material ¡y mucho menos el estupendo plan que tengo para completar mis aportaciones!

No lo dude. Nadie me espía ahora, y tampoco encontrará usted nada anómalo o perturbador. Venga e iré a buscarle en mi auto a la estación de Brattleboro. Dispóngase a pasar una larga temporada, y a participar en numerosas jornadas de conversación sobre cosas que escapan a toda conjetura humana. Por supuesto, no le comente nada a nadie, pues el asunto no debe trascender al público. El servicio de trenes a Brattleboro no es malo. En Boston puede enterarse del horario. Tome el B. & M. hasta Greenfield, y trasborde allí para el corto trayecto que le quedará. Le aconsejo que coja el que sale de Boston a las 4:10 de la tarde. Ese tren llega a Greenfield a las 7:35, de donde sale otro a las 9:19 que pasa por Brattleboro a las 10:01 de la noche. Todo ello entre semana. Comuníqueme la fecha e iré a la estación a esperarle.

Perdone que le escriba a máquina, pero como ya sabe últimamente me falla el pulso y no me siento capaz de escribir largos párrafos a mano. Ayer compré esta nueva Corona en Brattleboro, y parece funcionar a la perfección.

En espera de sus noticias, y deseando verle muy pronto con la grabación fonográfica, todas mis cartas y las fotografías
le aguarda,
Henry W. Akeley.

Para Albert N. Wilmarth
Universidad de Miskatonic
Arkham, Massachusetts.

Mi confusión tras leer, releer y reflexionar sobre tan extraña e inesperada carta sobrepasa toda posible descripción. He dicho que me sentí a la vez aliviado e inquieto, pero esto apenas expresa la diversidad de emociones, en su mayoría inconscientes, que abarcaban tanto el alivio como la inquietud. Para empezar, aquella carta se hallaba en las antípodas de toda la cadena de horrores que la precedieron. Aquel cambio de actitud que iba desde el terror más descarnado hasta la helada complacencia, e incluso el entusiasmo, era algo tan imprevisto, súbito y radical, que me resultaba difícil creer que en un solo día pudiera alterarse de semejante modo la perspectiva psicológica de alguien que había escrito aquella frenética nota del miércoles, no importa cuáles fuesen las tranquilizantes revelaciones experimentadas en esa jornada. En ciertos momentos, una sensación de conflictiva irrealidad me hacía cuestionarme si todo aquel drama de fuerzas fantásticas no sería una especie de sueño ilusorio, producto en gran parte de mi propia imaginación. Luego recordé la grabación fonográfica y mi aturdimiento fue aún mayor.

¡Aquella carta distaba tanto de todo lo que habría esperado! Al analizar mis impresiones, vi que existían dos fases bien diferenciadas. En la primera, suponiendo que Akeley hubiera estado y aún estuviera en su sano juicio, el cambio operado por la situación había sido demasiado súbito e increíble. En la segunda, el cambio experimentado en su comportamiento, actitud y lenguaje distaba mucho de lo que podría considerarse normal o previsible. Su personalidad parecía haber experimentado una transformación maligna —una mutación tan radical que difícilmente sus dos aspectos podrían reconciliarse con la idea de que ambos implicaban el mismo grado de equilibrio mental. El estilo, la ortografía... todo era sutilmente distinto. Y con mi sensibilidad académica ante la prosa literaria, pude detectar enormes divergencias en sus reacciones más frecuentes y en la estructura de sus respuestas. Desde luego, la revelación o el cataclismo emocional capaz de producir una transformación tan radical debió de ser tremendo. Sin embargo, la carta también parecía bastante característica de Akeley. La misma pasión de siempre por lo infinito, la misma curiosidad intelectual... Ni por un momento —o más de un momento— se me ocurrió la idea de que pudiera ser falsa o producto de una sustitución malintencionada. ¿Acaso no era la invitación —esa buena disposición a que comprobara en persona la veracidad de la carta— una prueba suficiente de su autenticidad?

El sábado por la noche no me acosté. Lo pasé en vela pensando en los misterios y prodigios ocultos tras aquella última carta. Mi cerebro, resentido por el ritmo vertiginoso de conceptos monstruosos que había tenido que enfrentar durante los últimos cuatro meses, no dejaba de pensar en este nuevo y sorprendente material que llegaba a mí en un ciclo que pasaba de la duda a la aceptación, repitiendo la mayoría de las etapas que ya había atravesado antes, cuando supe por primera vez de tales prodigios. Mucho antes del amanecer, el interés y la curiosidad que me embargaban comenzaron a reemplazar la marejada de perplejidad e inquietud en que me sumiera en un primer momento. Loco o cuerdo, transformado o simplemente aliviado, parecía que Akeley había sufrido un impresionante cambio de perspectiva en su azarosa investigación; un cambio que reducía drásticamente el peligro —real o imaginario— en que se encontraba, a la vez que abría nuevas e insospechadas perspectivas a un conocimiento cósmico y sobrehumano. Mi pasión por lo desconocido se avivó al encontrar la suya, y me sentí contagiado por el deseo de romper aquel obstáculo siniestro que se interponía en mi camino. Liberarme de las enloquecedoras y extenuantes limitaciones que imponen el tiempo, el espacio y las leyes naturales; unirme a la inmensidad cósmica, acercarme a los secretos nocturnos y abismales de lo infinito y lo esencial... ¡Sin duda valía la pena arriesgar la vida, el alma y hasta el propio juicio! Y además, Akeley decía que ya no había peligro. Me invitaba a visitarle, en lugar de aconsejarme que me mantuviera alejado como había hecho hasta entonces. Una gran inquietud me invadía ante la sola idea de lo tendría que contarme. Sentía una fascinación casi paralizante al imaginarme sentado allí, en aquella solitaria y —en los últimos tiempos— asediada granja, ante un hombre que había hablado con auténticos visitantes del espacio exterior; sentado allí con aquella espeluznante grabación y el montón de cartas en que Akeley había tratado de resumir sus primeras conclusiones.

De modo que el domingo por la mañana envié un telegrama a Akeley, donde le indicaba que me reuniría con él en Brattleboro el miércoles siguiente —12 de septiembre—, si no tenía inconvenientes para ese día. Solo en una cosa no seguí sus indicaciones: la elección del tren. La verdad es que no me agradaba la idea de llegar tan tarde en la noche a aquella embrujada región de Vermont; así es que en lugar de ir en el tren que me sugería, telefoneé a la estación e hice otra combinación. Si me levantaba temprano y tomaba el tren de las 8:07 a.m., con destino a Boston, podría abordar el de las 9:25 que llegaba a Greenfield a las 12:22. Este conectaba exactamente con un tren que llegaba a Brattleboro a la 1:08 de la tarde, una hora que a todas luces era mucho mejor que las 10:01 de la noche para encontrarme con Akeley y viajar con él por aquellas colinas boscosas y llenas de secretos.

Le comuniqué mi decisión en el telegrama, y me alegró saber por la respuesta que me envió aquella misma noche que estaba de acuerdo con mis planes. Su telegrama decía así:

ARREGLO SATISFACTORIO. ESPERARÉ TREN 1:08 MIÉRCOLES. NO OLVIDE GRABACIÓN Y CARTAS Y FOTOS. MANTENGA RUTA EN SECRETO. ESPERE GRANDES REVELACIONES. AKELEY.

La llegada de este mensaje en respuesta directa al que envié a Akeley —y que por fuerza tenía que haber sido llevado a su casa desde la estación de Townshend, bien por un mensajero oficial o a través del hilo telefónico restaurado—, borró cualquier rastro de duda que pudiera haber albergado acerca de la autoría de tan sorprendente carta. Experimenté un gran alivio, mucho mayor del que pudiera esperar en ese momento, pues mis dudas se hallaban bien soterradas. Pero aquella noche dormí a pierna suelta, y durante los dos días siguientes me dediqué afanosamente a hacer los preparativos del viaje.

Capítulo 6

El miércoles me puse en camino, tal como habíamos acordado, llevando por todo equipaje una maleta llena de objetos personales y material científico, es decir, la abominable grabación fonográfica, las fotos y toda la correspondencia mantenida con Akeley. Siguiendo sus instrucciones, no le dije a nadie adónde iba. Me daba perfecta cuenta de que aquello requería de la máxima discreción, por muy favorable que evolucionase el asunto. La sola idea de un auténtico contacto mental con entidades alienígenas, procedentes de otro mundo, no dejaba de resultar prodigiosa para una inteligencia preparada, e incluso un tanto predispuesta, como la mía. ¿Cuál sería, pues, su efecto sobre la masa de profanos sin ningún conocimiento sobre la materia? No sé qué sentimiento predominaba en mí, si el temor o la expectativa ante lo desconocido, cuando, tras cambiar de tren en Boston, me adentré en dirección oeste dejando atrás las familiares comarcas. Waltham... Concord... Ayer... Fitchburg... Gardner... Athol...

Mi tren llegó a Greenfield con siete minutos de retraso, pero el expreso que enlazaba en dirección norte aún estaba esperando. A toda prisa hice el transbordo, y mientras el tren avanzaba en las primeras horas de la tarde por territorios sobre los que había leído, pero jamás visitado, experimenté una extraña sensación de desasosiego. Estaba consciente de que me adentraba en una Nueva Inglaterra, más primitiva y atrasada que las mecanizadas y urbanizadas regiones meridionales y del litoral donde había pasado toda mi vida; una Nueva Inglaterra ancestral y virgen, sin extranjeros ni humos de fábricas, sin los anuncios ni las carreteras de asfalto que pueden verse en las zonas alteradas por la modernidad. Todavía quedaban esporádicos restos de una vida vernácula, cuyas profundas raíces la convertían en una auténtica prolongación del paisaje: esa vida autóctona, transmitida de generación en generación, que conserva extrañas y antiguas tradiciones y que fertiliza el terreno para la existencia de creencias tenebrosas, sorprendentes y que apenas se mencionan.

De vez en cuando veía la franja azul del río Connecticut resplandeciendo bajo el sol y, a la salida de Northfield, lo cruzamos. Más allá se vislumbraban unas verdes y enigmáticas montañas, y cuando pasó el revisor me enteré de que ya nos encontrábamos en Vermont. Me recomendó que retrasara el reloj una hora, pues en aquella montañosa región septentrional no querían saber nada de cambios de horario para ahorrar luz solar. Cuando lo hice, me pareció como si retrocediera un siglo entero en el calendario.

El tren se mantenía cerca del río, y en la otra margen, ya en New Hampshire, pude ver la cercana ladera del escarpado Wantastiquet, al que rodeaban todo tipo de leyendas antiguas y extraordinarias. Luego aparecieron calles a mi izquierda y una isla verde en medio del río, a mi derecha. La gente se levantó y caminó hacia la puerta, y yo les seguí. El tren se detuvo y de repente me encontré bajo la larga marquesina de la estación de Brattleboro.

Mirando la hilera de automóviles que esperaban, vacilé un momento tratando de adivinar cuál sería el Ford de Akeley, pero mi identidad fue descubierta antes de que pudiera tomar ninguna iniciativa. Quien se dirigía a mí con la mano tendida y me preguntaba con amabilidad si yo era Albert N. Wilmarth, de Arkham, no era desde luego Akeley. Aquel hombre no se parecía en nada al barbudo y entrecano Akeley de la fotografía. Era una persona mucho más joven y de aspecto citadino, vestido a la moda y con un bigotito negro. Su voz educada me produjo una sensación extraña y casi perturbadora de vaga familiaridad, aunque no pude reconocerla.

Mientras lo examinaba, me explicó que era un amigo de mi presunto anfitrión y que había venido de

Townshend en su lugar. Akeley, decía, había sufrido un repentino ataque de la dolencia asmática que padecía, y no se encontraba en condiciones de viajar. Pero no se trataba de algo grave, y no habría ningún cambio en los planes que me habían llevado hasta allí. No logré saber en qué medida el tal señor Noyes —nombre con el que se presentó— estaba al corriente de las investigaciones y descubrimientos de Akeley, aunque dada su informal actitud me pareció más bien ajeno a todo. Recordando la vida solitaria que llevaba Akeley, me sorprendió un poco que pudiera recurrir fácilmente a semejante amigo; pero mi perplejidad no me impidió entrar en el automóvil que mi acompañante me señalaba con un gesto. Aquel no era el viejo auto que esperaba encontrar dadas las descripciones que me hiciera Akeley, sino un modelo amplio e inmaculado de reciente aparición en el mercado —al parecer, propiedad de Noyes y con la matrícula de Massachusetts, que mostraba el festivo emblema del «bacalao sagrado». Mi guía, deduje, debía ser un veraneante de paso por Townshend.

Noyes subió al auto y, sentándose a mi lado, lo puso en marcha al instante. Me alegré de que no se mostrara locuaz, pues una rara tensión en el ambiente me hacía reacio a mantener una conversación. El pueblo lucía muy atractivo bajo el sol de la tarde, a medida que subíamos una cuesta y girábamos a la derecha para entrar en la calle principal. Brattleboro dormitaba como esas antiguas ciudades de Nueva

Inglaterra que uno recuerda de su infancia, y había algo en la disposición de tejados, campanarios, chimeneas y muros de ladrillos que hacían vibrar en mí las cuerdas de hondas emociones ancestrales. Me pareció hallarme en el umbral de una región medio hechizada, debido a la acumulación de sedimentos temporales; una región en la que podían crecer y perdurar las cosas más antiguas y extraordinarias porque nunca habían sido retiradas.

Mi tensión y mis presentimientos fueron en aumento a medida que dejábamos atrás Brattleboro, pues había algo impreciso en aquel boscoso paisaje montañoso con sus imponentes, amenazadoras y apiñadas laderas verdes y graníticas que hacían pensar en lóbregos secretos e inmemoriales reliquias del pasado que podían ser hostiles al género humano. Durante algún tiempo nuestro trayecto discurrió paralelo a un anchuroso río de escaso caudal que descendía desde las remotas colinas del norte. Un estremecimiento recorrió mi cuerpo cuando mi acompañante me dijo que ese era el West River. Fue precisamente en esas aguas donde, según recordaba haber leído en un artículo periodístico, se vio flotar a uno de aquellos espeluznantes seres parecidos a cangrejos, después de las inundaciones.

Poco a poco, el paisaje se fue haciendo cada vez más agreste y desolado en torno nuestro. Arcaicos puentes techados resistían audazmente el paso de los años en las concavidades montañosas, y la semiabandonada vía del ferrocarril que corría a lo largo del río parecía exhalar un aire de desolación casi visible. Desde las asombrosas extensiones del valle se alzaban grandes despeñaderos, y el granito virgen de Nueva Inglaterra mostraba un aspecto gris y austero a través de la vegetación que escalaba hacia las crestas. Había gargantas por las que saltaban torrentes bravíos que vertían en el río los inimaginables secretos de incontables cimas sin hollar. De vez en cuando se bifurcaban caminos estrechos y medio escondidos que se abrían paso a través de bosques macizos y frondosos, entre cuyos ancestrales árboles podrían muy bien acechar ejércitos enteros de espíritus elementales. Al contemplar aquel insólito paisaje, me vino a la mente el acoso a que se viera sometido Akeley por seres invisibles, cuando viajaba por aquella misma ruta, y no me extrañó en lo más mínimo que tales cosas pudieran ocurrir.

El pintoresco pueblo de Newfane, al que llegamos en menos de una hora, fue nuestro último contacto con el mundo que el hombre puede llamar suyo por derecho de conquista y completa ocupación. Después de atravesarlo, abandonamos todo vínculo con las cosas inmediatas, tangibles y temporales para adentramos en un mundo fantástico de sosegada irrealidad donde la angosta y serpenteante carretera subía, bajaba y se retorcía con un capricho intencional y casi consciente entre las desoladas cumbres verdes y los valles casi desiertos. Exceptuando el ruido del motor y algún que otro leve murmullo de las escasas granjas por las que pasábamos de vez en cuando, el único sonido que llegaba a mis oídos era el incesante gorgoteo de las misteriosas aguas que procedían de numerosos manantiales ocultos en los sombríos bosques.

Las colinas cercanas, con sus cimas redondas y desgastadas, resultaban ahora un espectáculo verdaderamente impresionante. La apariencia escarpada y abrupta de aquellos montes era mucho mayor de lo que había imaginado, y no parecía tener nada en común con el mundo prosaico y objetivo que conocemos. Los bosques espesos y solitarios que cubrían aquellas inaccesibles laderas parecían ocultar secretos prodigiosos y olvidados, y hasta llegué a creer que el perfil mismo de las montañas tenía un significado particular que había desaparecido con el paso del tiempo, como si fueran imponentes jeroglíficos legados por una insospechada raza de titanes cuyas hazañas solo se conservaran en un maravilloso y profundo sueño. Aquella atmósfera de tensión y amenaza inminente se vio reforzada por las leyendas del pasado y por las asombrosas revelaciones contenidas en las cartas y fotografías de Henry Akeley que se asomaban a mi memoria. El objeto de mi visita, y las tenebrosas anomalías que esta presuponía, me provocaron un súbito estremecimiento que casi apagó el ansia que sentía por adentrarme en las profundidades de lo arcano.

Mi guía debió de advertir mi actitud inquieta, pues a medida que la carretera se hacía más irregular y transitaba por parajes cada vez más salvajes, haciendo nuestra marcha más lenta y accidentada, sus ocasionales comentarios de cumplido se convirtieron en un discurso continuo. Habló de la singular belleza y el hechizo de la comarca, y demostró hallarse bastante familiarizado con los estudios sobre el folclore de mi anfitrión. A juzgar por las preguntas que con sumo tacto me hacía, era evidente que conocía la finalidad científica de mi viaje y que traía información de cierta importancia, pero no dio muestras de conocer el extraordinario grado de profundidad a que habían llegado las investigaciones de Akeley.

Sus modales eran tan agradables, normales y educados, que sus observaciones deberían haberme reconfortado y devuelto la confianza; pero curiosamente me sentía cada vez más intranquilo a medida que sorteábamos curvas y traqueteábamos por aquellas carreteras mientras nos adentrábamos en los desolados parajes llenos de bosques y colinas. A veces daba la impresión de que mi acompañante intentaba sondearme para ver qué sabía de los espeluznantes secretos que encerraba aquel lugar, y cuanto más hablaba mayor era aquella vaga, molesta y desconcertante familiaridad que encontraba en su voz. No se trataba de una familiaridad que pudiera calificarse de normal o agradable, a pesar de su tono tan prudente y educado. De alguna manera la relacionaba con pesadillas olvidadas, y tuve la impresión de que enloquecería si lograba identificarla. De haber contado con un buen pretexto, creo que habría renunciado a seguir adelante. Pero tal como estaban las cosas no podía hacerlo, y pensé que si tenía una conversación racional y científica con el propio Akeley, apenas llegara, eso me ayudaría a calmar mis nervios.

Además, había un elemento inexplicablemente tranquilizador, de cósmica belleza, en aquel hipnótico paraje por el que subíamos y bajábamos como en sueños. La misma noción del tiempo se perdía en los laberintos que habíamos dejado atrás. A nuestro alrededor solo se divisaban las florecientes oleadas de lo feérico y el encanto redivivo de épocas ya pasadas: las venerables arboledas, los inmaculados pastos rodeados de festivos capullos otoñales y, a grandes intervalos, las pequeñas granjas de color pardo que anidaban en medio de árboles gigantescos que crecían bajo los precipicios verticales cubiertos de brezos fragantes y tupidos hierbajos. Hasta la misma luz del sol ostentaba un encanto supremo, como si una emanación o un ambiente especial cubriesen toda la comarca. Jamás había visto nada parecido, excepto en los paisajes mágicos que en ocasiones componen los trasfondos de los pintores italianos primitivos. Sodoma y Leonardo concibieron tales espacios, pero solo a distancia y mediante el abovedado de las arcadas renacentistas. Ahora, en cambio, nos hallábamos realmente inmersos en medio de un cuadro, y entre tanto hechizo me pareció reconocer algo que había heredado o que conocía de manera innata, y siempre había buscado en vano.

De pronto, tras salir de una pronunciada curva en lo alto de una pendiente empinada, el auto se detuvo. A mi izquierda, en medio de un césped bien cuidado que se extendía hasta la carretera y mostraba un cerco de piedras blanqueadas, se levantaba una casa pintada de blanco, con dos pisos y buhardilla, de unas dimensiones y elegancia nada comunes en la comarca, con una serie de cobertizos y heniles contiguos o unidos por arcadas, y un molino de viento en su parte posterior, a la derecha. La reconocí al instante gracias a la fotografía que había recibido de ella, y no me extrañó ver el nombre de Henry Akeley en el buzón de hierro galvanizado que se hallaba a orillas de la carretera. En la parte trasera de la casa, y a cierta distancia, se extendía una franja de terreno pantanoso con escasa vegetación arbórea, detrás del cual se erguía una ladera vertical y densamente boscosa que culminaba en una frondosa cresta escarpada. Posteriormente me enteré que aquella era la cima de la Montaña Oscura, de la cual nos encontrábamos ya a medio camino.

Tras apearse del auto y coger mi maleta, Noyes me rogó que aguardase mientras iba a notificarle a Akeley de mi llegada. Añadió que él también tenía asuntos importantes que resolver en otro sitio y que no podía detenerse más que un momento. Mientras Noyes recorría con paso ligero el sendero que llevaba a la casa, bajé del auto con la intención de estirar un poco las piernas, preparándome para la sedentaria y larga conversación que me aguardaba. Mi nerviosismo y mi tensión habían vuelto a dispararse, ahora que me encontraba en el escenario de los pavorosos asedios que tan repetidas veces me describiera Akeley en sus cartas, y confieso que temblé al pensar en las tertulias que íbamos a mantener y que me pondrían en contacto con aquellos mundos extraños y prohibidos.

La proximidad de lo extraordinario es con frecuencia más terrorífica que estimulante, y no me reconfortó en lo más mínimo pensar que ese mismo trecho de camino polvoriento era el lugar donde se habían encontrado aquellas monstruosas huellas y aquella fétida sustancia verde tras esas noches sin luna en las que reinaron el miedo y la muerte. Advertí de pasada que ninguno de los perros de Akeley había salido a nuestro encuentro. ¿Los habría vendido apenas los Seres del Espacio hicieron las paces con él? Por más que lo intentaba, no lograba confiar en la sinceridad de aquella paz que había intentado transmitirme Akeley en su última y sorprendente carta. Después de todo, Akeley era un hombre de extraordinaria sencillez y con escasa, por no decir ninguna, experiencia mundana. ¿No existiría quizás alguna soterrada y siniestra intención bajo el velo de esa nueva alianza?

Guiado por mis pensamientos, mis ojos se dirigieron hacia la polvorienta superficie del sendero que había sido testigo de tan horribles testimonios. No había llovido en los últimos días y, pese a la naturaleza poco frecuentada de la comarca, huellas de toda clase se amontonaban en el sendero lleno de baches irregulares. Con cierta curiosidad empecé a reconstruir el perfil de las heterogéneas impresiones, mientras trataba de contener las macabras fantasías que el lugar y sus recuerdos me sugerían. Había algo inquietante y amenazador en aquella calma fúnebre, en el apagado y tenue rumor de los arroyos lejanos, y en las frondosas cimas verdes y los precipicios de bosques oscuros que obstruían la visión del horizonte.

Y en ese momento, una imagen penetró en mi conciencia, haciendo que aquellas vagas amenazas y fantasías parecieran leves e insignificantes. Como he dicho, estaba examinando las diversas huellas en el sendero con una especie de indolente curiosidad cuando, de repente, aquella curiosidad se desvaneció ante un repentino y paralizante acceso de terror, pues aunque las huellas que se veían en el polvo eran mayormente confusas y se hallaban unas encimas de otras, pareciendo que no eran merecedoras de mayor atención, mi inquieta mirada captó ciertos detalles en las proximidades del lugar donde el sendero que conducía a la casa se unía con la carretera; y supe, a sabiendas de que no podía equivocarme, el espantoso significado que encerraban aquellos detalles. No por gusto me había pasado horas enteras examinando las fotografías que me enviara Akeley sobre las huellas en forma de garras de los Seres del Espacio. Demasiado bien conocía las huellas de esas horribles pinzas, y de la ambigüedad en su dirección que evocaba horrores que ninguna otra criatura sobre el planeta podría suscitar. No había siquiera la menor posibilidad de que hubiese incurrido en un desafortunado error. Delante de mí, de manera clara y seguramente dejadas no hacía muchas horas, había al menos tres huellas que se destacaban amenazantes entre la sorprendente plétora de pisadas borrosas que iban y venían de la granja de Akeley. Eran las endemoniadas huellas de los hongos vivientes de Yuggoth.

Me contuve a tiempo para no gritar. Después de todo, ¿que había allí que no esperara encontrar, suponiendo que hubiese creído lo que Akeley me contaba en sus cartas? Últimamente hablaba de hacer las paces con aquellos seres. ¿Qué había de extraño, pues, en que alguno fuera a visitarle? Pero el terror era más fuerte que cualquier intento por devolverme la confianza. ¿Cabe esperar que un hombre permanezca impasible cuando ve por vez primera las huellas de seres vivos provenientes de las profundidades del espacio? En aquel preciso instante vi que Noyes salía de la casa y se dirigía hacia mí con paso rápido. Me dije a mí mismo que debía controlarme, pues lo más probable era que tan cordial amigo no supiera nada de las sorprendentes y trascendentales investigaciones que había hecho Akeley en la región de lo prohibido.

Noyes se apresuró a comunicarme que Akeley se alegraba de mi llegada y quería verme, aunque un ataque de asma que acababa de sufrir le imposibilitaría ser el anfitrión que hubiese deseado por espacio de uno o dos días. Aquellos ataques le afectaban mucho cuando le sobrevenían, y siempre iban acompañados de una fiebre que le dejaba postrado en cama y con una gran debilidad. Apenas podía hacer nada mientras se encontraba en tal estado: solo podía hablar en susurros, pues se sentía demasiado torpe y débil para moverse. Además, se le hinchaban los pies y los tobillos hasta el punto de tener que vendárselos como si fuera un anciano enfermo de gota. Aquel día se encontraba en bastante mal estado, por lo que de momento me vería obligado a arreglármelas como pudiera, aunque él ardía en deseos de conversar conmigo. Lo encontraría en su estudio, justo a la izquierda del vestíbulo, en la habitación que tenía las cortinas echadas. Los ojos de Akeley eran muy sensibles y no podían soportar la luz del sol cuando estaba enfermo.

Mientras Noyes se despedía de mí y se alejaba en su auto en dirección al norte, comencé a caminar lentamente hacia la casa. La puerta se hallaba entreabierta para que yo pudiera pasar; pero antes de seguir adelante y entrar, lancé una escrutadora mirada en torno, tratando de averiguar el porqué de la extraña e indescifrable sensación que experimentaba. Los cobertizos y heniles tenían un aspecto completamente ordinario, y descubrí el destartalado Ford de Akeley en su espacioso y desguarnecido cobertizo. De repente, comprendí el misterio que se ocultaba tras aquella inquietante sensación: el absoluto silencio que reinaba por doquier. Normalmente, en toda granja se oye cuando menos algún que otro murmullo producido por el ganado, pero en esta no se percibía el menor signo de vida. ¿Dónde estaban las gallinas y los cerdos? Las vacas, de las que Akeley había dicho poseer varias, debían estar en los pastos, y los perros podían haber sido vendidos, pero la ausencia total de cloqueos y gruñidos resultaba verdaderamente singular.

No me detuve mucho en el sendero, sino que entré resueltamente por la puerta abierta que cerré a mis espaldas. Confieso que me costó un gran esfuerzo de voluntad hacerlo; y una vez dentro, me invadió un súbito deseo de salir corriendo de allí. Y no es que el lugar tuviese un aspecto siniestro; por el contrario, encontré muy atractivo el encantador vestíbulo de finales del período colonial, y admiré el evidente buen gusto del hombre que lo había amueblado. Lo que me inducía a desear alejarme de allí era algo muy tenue e indefinible. Quizá cierto extraño olor que creí advertir... aunque sé perfectamente hasta qué punto son normales los olores a moho en las antiguas granjas, incluso en las mejores.

Capítulo 7

Negándome a aceptar que aquellas lóbregas sensaciones se apoderaran de mí, recordé las instrucciones de Noyes y abrí la blanca puerta de seis paneles, con picaporte de bronce, que había a mi izquierda. La habitación se hallaba en penumbras tal como se me había indicado, y al entrar noté que el extraño olor era más intenso allí. Además, parecía como si en el ambiente flotara cierto ritmo o vibración leve y un tanto irreal. Por unos instantes, y debido a que las persianas estaban echadas, apenas pude ver nada, pero luego una tosecilla o murmullo amortiguado atrajo mi atención hacia un butacón situado en el ángulo más alejado y oscuro de la habitación. En aquel lóbrego rincón pude ver la borrosa imagen blanquecina del rostro y las manos de un hombre, y al instante me acerqué a saludar a la figura que trataba de hablarme. Aun cuando la luz era tenue, pude advertir que se trataba de mi anfitrión. Había examinado repetidas veces la fotografía, y no me cabía la menor duda acerca de la identidad de aquel robusto y curtido rostro de barba recortada y gris.

Pero cuando volví a fijarme en él, se apoderó de mí una mezcla de tristeza y angustia, pues su semblante era el de una persona muy enferma. Sospeché que debía de existir algo más que asma tras aquella tensa y rígida expresión de agotamiento, y de aquella impertérrita y vidriosa mirada; y comprendí hasta qué punto le había afectado la presión de sus tenebrosas experiencias. ¿Acaso algo así no era suficiente para destrozar la vida de cualquier ser humano, incluso de hombres más jóvenes que este intrépido explorador de universos prohibidos? Me temo que el extraño y repentino alivio debió de llegarle demasiado tarde como para librarlo del desmoronamiento en que se hallaba sumido. Había algo digno de compasión en la forma flácida e inerte de aquellas esqueléticas manos postradas sobre el regazo. Akeley llevaba encima un amplio batín, y se cubría la cabeza y la parte superior del cuello con una bufanda o caperuza de color amarillo vivo.

Entonces vi que trataba de hablar en el mismo susurro entrecortado con que me había recibido. Era un susurro difícil de captar al principio, pues el bigote entrecano ocultaba el movimiento de sus labios. Al mismo tiempo, había algo en el timbre de su voz que me perturbaba enormemente; pero concentrándome, pronto pude entender muy bien lo que intentaba decirme. El acento distaba mucho de ser el de un granjero, y su lenguaje era incluso más refinado de lo que hubiera esperado de él, dada la correspondencia mantenida.

«¿Usted es el señor Wilmarth, verdad? Disculpe que no me levante. Me encuentro bastante mal, como sabrá por el señor Noyes, pero no por ello pude resistirme a la idea de que viniera. ¿Recuerda lo que le dije en mi última carta? ¡Tengo tantas cosas que contarle mañana, cuando espero que me sienta mejor! No puede imaginarse cuánto me alegro de verle en persona, después de todas las cartas que nos hemos cruzado. Supongo que habrá traído la correspondencia, ¿verdad? ¿Y las fotografías y las grabaciones? Noyes dejó su maleta en el vestíbulo. Me imagino que ya la vio allí. Esta noche me temo que tendrá que arreglárselas solo. Su habitación está en el piso superior, justo encima de esta, y encontrará la puerta del baño al final de la escalera. En el comedor, saliendo de este cuarto a la derecha, hay una comida esperándole cuando usted guste. Mañana seré un mejor anfitrión, pero ahora no puedo hacer nada a causa de esta dolencia que me debilita.

«Siéntase como en su casa. Será mejor que saque las cartas, las fotografías y las grabaciones, y las deje encima de la mesa antes de subir el equipaje a su habitación. Hablaremos de todo eso aquí… En aquel estante del rincón puede ver mi fonógrafo.

«No, gracias... no puede ayudarme. Estoy acostumbrado desde hace mucho a estos ataques. Baje a verme un momento antes de que anochezca, y luego vaya a acostarse cuando guste. Yo me quedaré donde estoy. Quizá pase aquí la noche, como suelo hacer con frecuencia. Por la mañana me sentiré con más fuerzas para hablar de las cosas que debemos tratar. Espero que se dé cuenta de la fascinante naturaleza de todo este asunto. Ante nosotros, como ha sucedido con muy pocos hombres sobre la Tierra, se abrirán inmensos océanos de tiempo, espacio y conocimientos que sobrepasan cualquier frontera de la ciencia y la filosofía humanas.

«¿Sabía que Einstein está equivocado, y que ciertas fuerzas y objetos pueden moverse a una velocidad superior a la de la luz? Con la ayuda debida, espero retroceder y avanzar en el tiempo, y ver y sentir la Tierra en el pasado remoto y en épocas futuras. No puede imaginarse el grado de conocimiento científico que han alcanzado estos seres. No hay nada que no puedan hacer con la mente y el cuerpo de los organismos vivos. Espero visitar otros planetas, e incluso otras estrellas y galaxias. El primer viaje será a Yuggoth, el planeta más cercano de todos los que habitan estos seres. Es un extraño y oscuro globo situado en el límite mismo de nuestro sistema solar, aún desconocido para los astrónomos de este mundo; pero creo que ya le había escrito algo al respecto. Cuando llegue el momento oportuno, los seres enviarán corrientes de pensamientos hacia nosotros, gracias a las cuales podremos descubrir Yuggoth... o quizás permitan que uno de sus aliados humanos les dé una pista a los científicos.

«En Yuggoth hay ciudades inmensas, compuestas por interminables hileras de torres piramidales construidas en piedra negra como la muestra que traté de enviarle. Procedía de Yuggoth. La luz del sol no es más fuerte allí que la de una estrella, pero esos seres no necesitan luz. Poseen otros sentidos más sutiles, y en sus mansiones y templos no hay ventanas. La luz incluso les hiere, molesta y entorpece sus movimientos, pues no existe la menor traza de ella en el oscuro cosmos allende el tiempo y el espacio del que provienen. Bastaría una visita a Yuggoth para enloquecer a un sujeto frágil, pero voy a ir. Los ríos negros de alquitrán que discurren bajo esos misteriosos puentes ciclópeos —obra de una antigua raza extinguida y olvidada antes de que los seres llegaran a Yuggoth desde los confines del abismo—, debieran bastar para convertir en un Dante o un Poe a cualquier hombre... si es que conserva el suficiente juicio durante un tiempo para contar lo que ha visto.

«Pero recuerde: no hay nada terrible en ese oscuro mundo de jardines fungiformes y ciudades sin ventanas, aunque así nos parezca a nosotros. Es probable que nuestro mundo también les pareciera igual de terrible a ellos cuando lo exploraron por primera vez en épocas remotas. Como sabe, ya estaban aquí mucho antes de que llegara a su fin el fabuloso período de Cthulhu, y recuerdan todo lo concerniente a la sumergida R'lyeh cuando aún se encontraba sobre las aguas. También han estado en el interior de la tierra —hay cavidades de las que nada saben los seres humanos, algunas de ellas bajo estas mismas montañas de Vermont— y en los mundos de vida desconocida que hay bajo nosotros: el azulado K'u-yan, el rojizo Yoth, y el negro y tenebroso N'kai. De N'kai vino el terrible Tsathoggua... Ya sabe, la deidad deforme en forma de sapo que se menciona en los manuscritos Pnakotic, en el *Necronomicón*, y en el ciclo mitológico de Commoriom conservado por Klarkash-Ton, sumo sacerdote de los atlantes.

«Pero ya tendremos tiempo para hablar de esto. Deben ser las cuatro o las cinco. Será mejor que desempaque sus cosas, cene algo y regrese luego para conversar con más calma».

Me retiré despacio y empecé a obedecer a mi anfitrión: cogí la maleta, saqué los objetos que precisaba, los puse encima de la mesa, y finalmente subí a la habitación que me había asignado. Con el recuerdo de aquella huella reciente a orillas de la carretera, las palabras musitadas por Akeley dejaron en mí una sensación extraña, y sus alusiones de familiaridad con ese mundo de vida fungiforme —el prohibido Yuggoth— me estremeció más de lo que hubiera deseado. Me preocupaba muchísimo la enfermedad de Akeley, pero debo confesar que su ronco susurro tenía algo de repugnante, aunque a la vez digno de compasión. ¡Si al menos no hubiera mostrado tanto entusiasmo hacia Yuggoth y sus tenebrosos secretos!

Mi habitación era muy confortable y estaba bien amueblada, sin el menor olor a humedad ni esas perturbadoras vibraciones. Tras dejar la maleta, volví a bajar para encontrarme con Akeley y comer lo que me había preparado. El comedor se hallaba después del estudio y, siguiendo en la misma dirección, pude ver un ala de la cocina. Sobre la mesa del comedor me esperaba un extenso surtido de emparedados, dulces y quesos; un termo colocado junto a una taza con platillo atestiguaban que no se había olvidado del café caliente. Tras un reconfortante refrigerio me serví una buena taza de café, pero desgraciadamente el café no se encontraba a la altura de la cocina que había degustado. Al primer sorbo percibí un vago sabor acre, así es que no tomé más. Durante la comida, no pude dejar de pensar en Akeley, sentado en silencio en el butacón de la oscura habitación contigua.

En un momento dado, fui a rogarle que compartiera conmigo el almuerzo, pero susurró que aún no podía comer nada. Más tarde, antes de dormir, tomaría un poco de leche malteada, lo único que podría ingerir en todo el día.

Después de comer, insistí en limpiar la mesa y lavar los platos. De paso vacié el café que no había conseguido degustar. Luego, volviendo al lóbrego estudio, acerqué una silla al rincón donde se encontraba mi anfitrión y me dispuse a conversar sobre cualquier tema que le interesara. Las cartas, las fotos y la grabación seguían sobre la amplia mesa de centro, pero por el momento no las necesitábamos. Al cabo de un rato, ya había olvidado el peculiar olor y las curiosas sensaciones vibratorias.

Como dije antes, había detalles en algunas de las cartas de Akeley —sobre todo en la segunda y más voluminosa— que no me atrevería a mencionar o siquiera expresar en palabras sobre el papel. Esta vacilación se aplica incluso con más fuerza a lo que, en un tono susurrante, le oí contar esa tarde en aquella oscura habitación en medio de las solitarias colinas. Ni siquiera me atrevo a insinuar hasta dónde llegaron los horrores cósmicos que aquella ronca voz puso al descubierto. Akeley ya había conocido cosas estremecedoras con anterioridad, pero lo que descubrió después de firmar su pacto con los Seres del Espacio sobrepasaba todo lo que una mente en su sano juicio podría soportar. Incluso ahora me resisto a creer lo que me contó sobre la estructura de la infinitud, la fusión de las dimensiones, y la peligrosa situación del tiempo y el espacio en nuestro cosmos, dentro de la interminable cadena de cosmos atómicos que configuran un supercosmos de curvas, ángulos, y un orden electrónico material y semimaterial. Nunca antes existió un hombre cuerdo que se acercara de manera tan peligrosa a los arcanos de la entidad originaria; nunca antes existió un cerebro orgánico que hubiera tan próximo a la total desintegración en el caos que trasciende toda forma, fuerza y simetría. Supe de dónde provino originariamente Cthulhu, y del motivo por el cual la mitad de las enormes estrellas variables que se vieran a lo largo de la historia habían seguido resplandeciendo. Sospeché —por las insinuaciones que incluso hacían titubear a mi interlocutor— el secreto existente tras las Nubes de Magallanes y las nebulosas globulares, y la siniestra verdad que ocultaba la inmemorial alegoría del Tao. Se me reveló con toda claridad la naturaleza de los Doels, y se me informó de la esencia (aunque no del origen) de los Sabuesos de Tíndalos. La leyenda de Yig, el Padre de las Serpientes, dejó de ser para mí algo figurado, y sentí repugnancia cuando se me puso al corriente del monstruoso caos nuclear existente allende al espacio angular que el *Necronomicón* había ocultado piadosamente bajo el nombre de Azathoth. Resultaba sorprendente develar las más espeluznantes pesadillas de los mitos secretos en términos concretos, cuya desnuda y siniestra malevolencia sobrepasaba las más audaces digresiones de los místicos antiguos y medievales. Llegué a la inevitable conclusión de que los primeros narradores que hicieron alusión a tan execrables historias debieron estar en contacto con los Seres del Espacio de Akeley, y hasta era posible que hubiesen visitado los reinos cósmicos, tal como Akeley se proponía hacer.

Me habló de la Piedra Negra y de lo que significaba, y me alegré de que no hubiese llegado a mis manos. Mis sospechas sobre aquellos jeroglíficos se vieron confirmadas. Y sin embargo, Akeley parecía haberse reconciliado con todo aquel diabólico sistema contra el cual había tropezado antes —una reconciliación con la que estaba decidido a proseguir sus investigaciones en aquellos abismos insondables. Me pregunté con qué seres habría hablado desde la última carta que me escribió, y si serían tan humanos como aquel primer emisario que mencionó. Mi desazón llegó a hacerse insoportable, y elaboré toda clase de teorías absurdas sobre aquel extraño y persistente olor y sobre las sensaciones vibratorias en la lóbrega habitación.

Empezaba a oscurecer y, al recordar lo que Akeley me había contado sobre aquellas primeras noches, me estremecí al pensar que no habría luna. Además, no me gustaba nada el emplazamiento de la granja al abrigo de aquella imponente y frondosa ladera que conducía a la cima desierta de la Montaña Oscura. Con permiso de Akeley, encendí una lamparilla de petróleo, bajé la mecha y la coloqué sobre un librero algo alejado, junto al espectral busto de Milton. Al cabo de un rato me arrepentí de haberlo hecho, porque la luz le daba una apariencia cadavérica y anómala al rostro tirante e inmóvil de mi anfitrión y a sus manos inertes. Parecía que apenas pudiera hacer moverse, aunque le vi asentir con rigidez de vez en cuando.

Después de todo lo que me había contado, se me hacía difícil imaginar qué otros secretos me estaría reservando para el día siguiente; pero a la postre me enteré de que hablaríamos de su viaje a Yuggoth y a otros mundos más lejanos... y de mi posible participación en el mismo. Debió divertirle el respingo de horror que di al oír hablar de mi participación en un viaje cósmico, pues su cabeza se tambaleó con violencia ante mi expresión de miedo. Luego me habló en un tono muy delicado de cómo los seres humanos podían efectuar —cosa que ya habían logrado en varias ocasiones—, aunque pareciera imposible, vuelos por el espacio interestelar. Al parecer, el viaje no lo hacía todo el cuerpo: gracias a sus prodigiosos adelantos en los campos de la cirugía, la biología, la química y la ingeniería, los Seres del Espacio habían encontrado la forma de que solo viajara el cerebro humano, sin su estructura física concomitante.

Existía un procedimiento inofensivo para extraer el cerebro y conservar con vida el resto del organismo durante su ausencia. Luego la desnuda y compacta masa cerebral se sumergía en un líquido que se cambiaba de vez en cuando y se alojaba dentro de un cilindro herméticamente sellado, hecho de un metal extraído en las minas de Yuggoth, conectado a través de unos electrodos a una serie de sofisticados instrumentos capaces de duplicar las tres facultades vitales: la vista, el oído y el habla. Para aquellos seres fungiformes y alados no era problema alguno transportar cerebros envasados a través del espacio. Después, en cada planeta al que llegaba su civilización, podían hallar un sinfín de instrumentos adaptables a sus necesidades que podían conectarse con los cerebros así envasados. De ese modo, tras unas mínimas adaptaciones, estas inteligencias viajeras podían disfrutar de una vida articulada y sensorial —aunque incorpórea y mecánica— en cada etapa de su viaje a través y más allá del espacio-tiempo. Era algo tan sencillo como si uno llevara consigo una grabación y la escuchara allí donde hubiera un fonógrafo para reproducirla. De sus buenos resultados no cabía la menor duda. Akeley no albergaba ningún temor. ¿Acaso el procedimiento no se había realizado con éxito en repetidas ocasiones?

Por vez primera, una de las inertes y marchitas manos se alzó y señaló hacia un estante alto que había en la pared más alejada de la estancia. Allí, perfectamente alineados, podían verse más de una docena de cilindros de un metal que yo no había visto nunca: cilindros de aproximadamente un pie de altura y de un diámetro algo menor, con tres curiosos enchufes dispuestos en forma de triángulo isósceles sobre la convexa superficie de cada uno de esos cilindros. Uno de ellos tenía dos de los enchufes conectados a un par de máquinas de singular apariencia que se divisaban al fondo. No hizo falta que me explicara su finalidad. Un escalofrío me recorrió todo el cuerpo. Luego vi que la mano señalaba hacia un rincón más cercano donde podían verse varios instrumentos intrincados provistos de cables y enchufes, algunos de los cuales, al igual que los dos dispositivos detrás de los cilindros, se hallaban mezclados.

«Aquí hay cuatro tipos de instrumentos, Wilmarth», susurró la voz. «Cuatro clases, de tres posibilidades cada una, hacen un total de doce secciones. Existen cuatro clases diferentes de seres en esos cilindros. Tres humanos, seis fungiformes que no pueden navegar por el espacio con sus cuerpos, dos seres de Neptuno (¡Dios mío! ¡Si pudiera ver usted el cuerpo que tienen en su propio planeta!) y el resto son criaturas procedentes de las cavernas centrales de una estrella oscura muy interesante, situada más allá de la galaxia. En el puesto principal de observación, en el interior de Round Hill, encontrará de vez en cuando más cilindros y máquinas: cilindros de cerebros extraterrestres con sentidos distintos de los que conocemos —aliados y exploradores del cosmos más remoto— y máquinas especiales que les transmiten impresiones y les proporcionan condiciones para expresarse de la manera más conveniente para ellos y para ser comprendidos por diversos tipos de oyentes. Round Hill, al igual que casi todos los puestos de observación importantes que tienen los seres en los diferentes universos, es un lugar muy cosmopolita. Claro, a mí solo me han cedido los tipos más corrientes para mis experimentos.

«Mire, coja las tres máquinas que le señalo y póngalas encima de la mesa… Aquella más alta con las dos lentes de cristal en la cara anterior, luego la caja con los tubos al vacío y la caja de resonancia, y ahora la que tiene el disco metálico encima. Ahora, coja el cilindro que lleva pegada la etiqueta 'B-67'. Súbase a esa silla para alcanzarlo. ¿Pesa? Vamos, ¡haga un esfuerzo! Compruebe que el número es B-67. No toque ese cilindro nuevo y brillante conectado a los dos instrumentos de ensayo... el que lleva mi nombre. Coloque el B-67 sobre la mesa cerca de las máquinas y compruebe que los interruptores de las tres máquinas están girados completamente hacia la izquierda.

«Ahora conecte el cable de la máquina con las lentes al enchufe superior del cilindro... ¡Eso es! Una la máquina con el tubo de la máquina con el enchufe inferior izquierdo, y el aparato con el disco al otro enchufe. Ahora gire todos los interruptores de las máquinas a la derecha, primero la de las lentes, luego la del disco, y, por último, la de los tubos. ¡Perfecto! Le adelanto que se trata de un ser humano... igual que cualquiera de nosotros. Mañana le daré a conocer algunos de los otros».

Aún hoy no sé por qué obedecí tan servilmente a esa susurrante voz, ni si me pasó por la cabeza preguntarme si Akeley estaría loco o cuerdo. Después de todo lo que había pasado, nada podía extrañarme. Pero aquellos artilugios se asemejaban tanto a las extravagantes creaciones propias de inventores y científicos chiflados que encendieron una chispa de duda que ni siquiera la disertación anterior había provocado. Lo que aquella voz susurrante quería dar a entender sobrepasaba los límites de la credulidad humana, pero ¿acaso no era más absurdo el resto de las cosas que me había contado? Si resultaba menos descabellada, se debía únicamente a la imposibilidad de recurrir a una prueba tangible y concreta.

Mientras mis pensamientos no cesaban de agitarse en medio de aquel caos, percibí un estridente chirrido procedente de las tres máquinas conectadas al cilindro —un chirrido que pronto se extinguió para dar paso a un silencio casi absoluto. ¿Qué estaba ocurriendo? ¿Iría a escuchar una voz? Y en tal caso, ¿qué pruebas tendría de que no se trataba de un dispositivo de radio ingeniosamente fabricado a través del cual hablaría un oculto interlocutor que nos observaba de cerca? Incluso hoy no me atrevería a jurar lo que oí o qué sucedió realmente en mi presencia. Pero no hay duda de que algo acaeció allí.

Para decirlo en pocas palabras, la máquina con los tubos y la caja sonora comenzó a hablar de una manera que no cupo la menor duda de que el interlocutor se encontraba presente y nos observaba. Era una voz potente, metálica, inexpresiva y totalmente mecánica. Carecía de toda modulación o expresividad, pero traqueteaba y chirriaba con una precisión y un propósito implacables.

«Señor Wilmarth», dijo la voz, «espero no asustarle. Soy un ser humano igual que usted, aunque mi cuerpo se encuentra ahora descansando y a buen recaudo, sometido a un eficaz tratamiento revitalizador en Round Hill, a poco más de dos kilómetros de aquí, en dirección al este. Yo mismo estoy ahora con usted: mi cerebro está en el interior de ese cilindro, y veo, oigo y hablo a través de esos vibradores electrónicos. Dentro de una semana voy a atravesar el vacío, como he hecho en otras muchas ocasiones, y espero poder disfrutar de la compañía del señor Akeley. Me gustaría también que usted nos acompañara. Le conozco de vista y de oídas, y he seguido muy de cerca su correspondencia con nuestro común amigo Akeley. Soy uno de los hombres que se han aliado con los Seres del Espacio que se hallan de visita en nuestro planeta. Los conocí en el Himalaya, y desde entonces he procurado ayudarles de diversas maneras. A cambio, ellos me han permitido vivir experiencias que muy pocos hombres han podido tener.

«¿Se da cuenta de lo que significa cuando digo que he estado en treinta y siete diferentes cuerpos celestes distintos —planetas, estrellas oscuras y otros astros menos definibles—, ocho de los cuales no pertenecen a nuestra galaxia y dos se hallan fuera del cosmos curvilíneo del espacio y el tiempo? Me han extraído el cerebro del cuerpo por medio de unos cortes ejecutados con tal destreza que sería rudo calificar el procedimiento como una operación quirúrgica. Los seres que nos visitan disponen de métodos que convierten estas extracciones en una operación sencilla y casi podría decirse que normal… y nuestros cuerpos no envejecen cuando se les sustrae el cerebro. Debo añadir que el cerebro es prácticamente inmortal y conserva sus facultades mecánicas cuando se le suministra ciertas dosis alimenticias y se le cambia de vez en cuando el líquido que lo protege.

«En suma, deseo de todo corazón que se decida a acompañarnos al señor Akeley y a mí. Los visitantes están ansiosos por conocer a hombres cultos como usted para mostrarles los inmensos abismos espaciales con los que la mayoría de nosotros solo podemos soñar en nuestra garrafal ignorancia. Puede que al principio les resulten extraños, pero estoy seguro de que usted se mostrará por encima de tales convenciones. Creo que también vendrá el señor Noyes, el hombre que debió traerle hasta aquí en su automóvil. Desde hace años es uno de nosotros. Supongo que habrá reconocido su voz como una de las que se oyen en la grabación que le envió el señor Akeley».

Ante mi violento sobresalto, el locutor se tomó un momentáneo respiro antes de concluir.

«Así pues, señor Wilmarth, a usted le toca decidir. Solo permítame añadir que un hombre con su gran afición por lo desconocido y lo folklórico no debiera perder jamás la oportunidad que se le brinda. No hay nada que temer. Todas las transiciones son indoloras, y hay mucho de qué disfrutar en un estado de sensación totalmente mecanizado. Cuando se desconectan los electrodos, uno queda simplemente sumido en un estado de sopor donde le invaden sueños vívidos de singular fantasía.

«Y ahora, si le parece bien, podemos levantar la sesión hasta mañana. Buenas noches... Solo gire todos los interruptores hacia la izquierda hasta dejarlos donde estaban. Da igual en qué orden lo haga, aunque puede dejar para el final la máquina con las lentes. Buenas noches, señor Akeley. ¡Trate bien a nuestro huésped! ¿Listo para mover los interruptores?».

Eso fue todo. Obedecí mecánicamente y apagué los tres interruptores, aunque no salía de mi estupor ante lo que acababa de presenciar. La cabeza aún me daba vueltas cuando oí la susurrante voz de Akeley diciéndome que dejara todo el instrumental sobre la mesa tal y como estaba. No hizo ningún comentario sobre lo ocurrido, aunque poco hubiera importado porque yo tenía embotadas mis facultades mentales. Le escuché decir que podía llevarme la lámpara a mi habitación, por lo que deduje que deseaba quedarse solo en la oscuridad. Sin duda quería descansar, pues su disertación a lo largo de la tarde habría bastado para agotar incluso a hombres en mejor estado físico. Todavía sin salir de mi aturdimiento, di las buenas noches a mi anfitrión y subí a mi habitación con la lámpara, aunque llevaba conmigo una excelente linterna de bolsillo.

Me alegré de abandonar aquel estudio con su extraño olor y sus indefinidas sensaciones vibratorias, pero no logré evitar cierta estremecedora impresión de temor, amenaza y anomalía cósmica al darme cuenta del lugar donde me hallaba y las fuerzas que estaba enfrentando. La comarca solitaria y agreste; la ladera montañosa, sombría y misteriosa, que se erguía justo detrás de la casa; las huellas en el camino; la figura susurrante, enfermiza e inmóvil en la penumbra; los infernales cilindros y máquinas; y por encima de todo, la invitación a participar en la extraña operación quirúrgica y en las aún más extrañas travesías; todo eso, tan inesperado como súbito, se precipitó sobre mí con tal fuerza que me dejó sin voluntad y casi agotó todos mis recursos físicos.

El descubrimiento de que mi guía Noyes era el oficiante humano de aquel monstruoso ritual recogido en la grabación fonográfica me produjo un impacto terrible, aunque ya había creído percibir una lóbrega y repulsiva familiaridad en su voz. Otra impresión formidable era la que me producía mi propia actitud hacia mi anfitrión siempre que me detenía a analizarla, pues por más simpatía que hubiera sentido hacia Akeley mientras intercambiábamos correspondencia, ahora descubrí que me inspiraba una clara repulsión. Su enfermedad debería de haber despertado un sentimiento de compasión en mí, pero en lugar de eso me producía una especie de escalofrío. Tenía un semblante tan rígido, inerte y cadavérico... ¡Y aquel incesante susurro resultaba tan abominable e inhumano!

Y es que ese susurro me parecía completamente distinto de cualquier otro que hasta entonces hubiera escuchado. A pesar de la curiosa inmovilidad de sus labios cubiertos por un poblado bigote, poseía una fuerza subyacente y un poder intenso, más digno aún de destacar si se tiene en cuenta que se trataba del habla de un asmático. Había logrado entender lo que decía desde el otro extremo de la habitación, y una o dos veces me pareció que los débiles, aunque penetrantes sonidos no significaban tanto debilidad como una moderación deliberada, cuyas razones no lograba adivinar. Desde el principio había percibido en esa voz algo que me perturbaba. Ahora, al repasar todo lo que me había llevado hasta allí, creí poder vincular esa impresión con una especie de familiaridad inconsciente parecida a la misma sensación que sentí al escuchar la siniestra voz de Noyes. Pero no sabría decir cuándo o dónde me había tropezado con aquello que intuía.

Una cosa era cierta: no pasaría una sola noche más en aquel lugar. Mi fervor científico se había esfumado por completo entre el miedo y la repulsión, y lo único que deseaba era salir cuanto antes de aquel nido de atrocidades y monstruosas revelaciones. Ya sabía lo suficiente. Sin duda, debía ser cierto que existían aquellos nexos cósmicos, pero tales cosas eran algo en lo que ningún ser humano normal debía mezclarse.

Me parecía estar rodeado de influencias diabólicas que trataban de sofocar mis sentidos. Decidí que ni siquiera cabía la posibilidad de intentar dormir; así es que me limité a apagar la lámpara y, sin desvestirme, me dejé caer sobre la cama. Sin duda era una precaución absurda, pero quería estar listo en el caso de que se presentase alguna contingencia inesperada. Por ello empuñé con la mano derecha el revólver que había traído, y con la izquierda la linterna de bolsillo. Ni el menor sonido venía de abajo, donde imaginaba a mi anfitrión sentado en medio de las tinieblas, con aquella rigidez cadavérica con que me recibió.

Hasta mí llegó el *tic-tac* de un reloj de pared y vagamente agradecí la familiaridad del sonido. Sin embargo, aquello también me recordó esa otra peculiaridad de la comarca que me perturbó tanto mientras viajaba: la total ausencia de vida animal. No había animales domésticos en la granja, y ahora me percataba de que ni siquiera se oían los habituales ruidos nocturnos de la fauna silvestre. Salvo por el siniestro rumor de algún arroyo lejano, aquella quietud resultaba anómala —propia de los espacios siderales— y me pregunté qué intangible infortunio astral se cernía sobre la comarca. Recordé que, en las antiguas leyendas, los perros y otros animales habían rechazado siempre la presencia de los Seres del Espacio, y pensé en lo que podrían significar aquellas huellas en el camino.

Capítulo 8

No me pregunten cuánto duró mi inesperada somnolencia, ni lo que hubo de puro sueño en lo que aconteció después. Si les dijera que me desperté a determinada hora y que pude oír y ver ciertas cosas, sin duda me dirán que no fue cierto, que no me desperté; que todo fue un sueño hasta el momento en que salí corriendo de la casa y me dirigí dando tumbos hasta el cobertizo donde había visto el antiguo Ford para emprender una enloquecida carrera, sin rumbo fijo, por aquellas colinas malditas y llegar —tras horas de continuo traqueteo, sorteando curvas por siniestros laberintos cubiertos de bosques— hasta un pueblo que resultó ser Townshend.

Tampoco me extrañaría lo más mínimo que pusieran en duda el resto de mi relato, diciendo que todas las fotografías, grabaciones, sonidos de máquinas y cilindros, y otras pruebas por el estilo, no eran sino retazos de la superchería con la que me contagió el desaparecido Henry Akeley. Incluso es posible que piensen que Akeley se puso de acuerdo con otros tipos tan estrafalarios como él para urdir una absurda y retorcida patraña; interceptando el paquete echado al correo en Keene, y haciendo que Noyes grabara aquel horripilante ritual en el cilindro de cera. Con todo, resulta raro que nadie haya identificado aún a Noyes, y que no se le conociera en esos pueblos cercanos a la granja de Akeley, aunque al parecer viajaba con frecuencia por la comarca. Me gustaría haberme detenido a memorizar la matrícula de su coche, aunque quizás haya sido mejor así después de todo. Pues, pese a lo que digan los demás y pese a lo que a veces trato de decirme yo mismo, sé positivamente que las abominables presencias del espacio exterior aún deben encontrarse al acecho en aquellas enigmáticas colinas, y que esos seres cuentan con espías y emisarios entre los hombres. Lo único que pido para lo que me resta de vida es mantenerme a la mayor distancia posible de tales influencias y emisarios.

Cuando el *sheriff* oyó mi increíble historia, envió un grupo de hombres armados a la granja, pero Akeley ya se había ido sin dejar el menor rastro. Su holgado batín, la bufanda amarilla y las vendas para los pies yacían en el suelo del estudio, cerca del sillón de la esquina, y fue imposible averiguar si con él también se habían desvanecido algunas de sus ropas. También desaparecieron los perros y el ganado. En la fachada de la casa, y en algunas paredes interiores, podían apreciarse unos curiosos agujeros de proyectiles. Pero por lo demás no se observaba nada anormal. Ni cilindros, ni máquinas, ni las pruebas que había traído yo en mi maleta, ni ningún extraño hedor o sensación vibratoria, ni huellas en el camino, ni ninguno de los enigmáticos objetos que acerté a ver en el último momento.

Tras mi precipitada fuga, me quedé una semana en Brattleboro interrogando a todos cuantos conocían a Akeley. Los resultados de mi investigación me convencieron de que aquello no había sido una invención ni un sueño. Las insólitas adquisiciones de perros, municiones y productos químicos que hiciera Akeley, así como el corte del cable telefónico, fueron hechos verificados; y quienes le conocían —incluso su hijo de California— admitieron que sus ocasionales referencias a estudios esotéricos tenían cierta consistencia. En opinión de los ciudadanos respetables, Akeley estaba loco, y unánimemente sostenían que todas las pruebas no eran sino meras patrañas ingeniadas con malsana astucia e inspiradas quizá por algún estrafalario cómplice; pero los sencillos pobladores del campo creían firmemente en lo que decía. Akeley había enseñado a algunos las fotografías y la piedra negra, y les había permitido que escucharan aquella infame grabación; y todos aseguraban que las huellas y la susurrante voz eran como aquellas que se mencionaban en las leyendas ancestrales.

De igual modo decían que, desde que encontró la piedra, se habían notado avistamientos y sonidos sospechosos en torno a la casa de Akeley. Por eso ahora todo el mundo evitaba pasar por el lugar, salvo el cartero y alguna que otra persona de ánimo intrépido. Tanto la Montaña Oscura como Round Hill eran tradicionalmente considerados lugares embrujados, y no logré encontrar a nadie que los hubiera explorado a fondo. A lo largo de la historia de la comarca había testimonios de desapariciones misteriosas, como la del vagabundo Walter Brown, a quien Akeley mencionaba en sus cartas. Incluso tropecé con un granjero que creía haber visto a uno de esos extraños cadáveres flotando en la hinchada corriente del West River cuando se produjeron las inundaciones, pero su testimonio era demasiado confuso para ser tomado en consideración.

Cuando me marché de Brattleboro, me prometí no volver más a Vermont y estaba completamente seguro de que cumpliría mi palabra. Aquellas desoladas colinas eran sin duda el puesto de observación de una temible raza cósmica... y mis suposiciones cobraron mayor ímpetu al leer que se había localizado un noveno planeta más allá de Neptuno, tal como aquellos seres habían adelantado. Los astrónomos, con una escalofriante propiedad que estaban lejos de sospechar, lo denominaron «Plutón». Yo estoy convencido de que se trata nada menos que del macabro Yuggoth... y me estremezco de miedo cuando trato de imaginar el verdadero motivo por el cual sus monstruosos habitantes desean que se les conozca de esta forma en este preciso momento. En vano trato de convencerme de que estas diabólicas criaturas no estén conduciendo algún tipo de nueva política que resulte dañina para la Tierra y sus habitantes.

Pero aún tengo que contar el final de aquella terrible noche en la granja de Akeley. Como he dicho, finalmente me quedé sumido en un sopor algo agitado, un sueño lleno de pesadillas en que vislumbraba monstruosos paisajes. No podría precisar qué fue lo que me despertó, pero sí puedo asegurar que lo hice en este punto. Lo primero que oí, en medio de mi confusión, fue el amortiguado crujido de la tarima del rellano junto a mi puerta, mientras alguien manipulaba desmañadamente y con sigilo el picaporte. Empero el ruido cesó casi al instante, así es que en realidad mis primeras impresiones fueron unas voces en el estudio situado debajo de mi cuarto. Los que hablaban eran varios, y me pareció que estaban enzarzados en una discusión.

Unos segundos después estaba bien despierto, ya que la naturaleza de aquellas voces era tal que resultaba absurda toda idea de volver a conciliar el sueño. Sus tonos eran de lo más variopinto, y nadie que hubiera escuchado aquella endiablada grabación fonográfica podía albergar la menor duda acerca de al menos dos de ellas. Por muy espantosa que fuese la idea, comprendí que me encontraba bajo el mismo techo que entidades desconocidas procedentes de los espacios abismales. Aquellas dos voces eran, sin ninguna duda, los susurros diabólicos que los Seres del Espacio usaban para comunicarse con los hombres. Las dos voces eran completamente distintas —diferían en timbre, acento y cadencia—, pero ambas poseían el mismo tono estremecedor.

Una tercera voz pertenecía, con toda seguridad, a una de aquellas máquinas parlantes conectadas a uno de los cerebros envasados en los cilindros. Tan convencido estaba de ello como de los susurros, pues la voz potente, metálica y muerta que había oído la tarde anterior, con sus chirridos y traqueteos sin inflexiones ni matices, y aquella precisión impersonal, resultaba inolvidable. En un primer momento no me detuve a preguntarme si la inteligencia que había detrás de aquel chirrido era idéntica a la que me había hablado, pero no tardé en pensar que cualquier cerebro podría emitir sonidos vocales semejantes al de otro cerebro, si se le conectaba al mismo aparato emisor de palabras. Las únicas diferencias serían el idioma, el ritmo, la velocidad y la forma de pronunciación. Para completar aquel espectral coloquio, podían oírse dos voces realmente humanas: una de ellas pertenecía al habla torpe de un desconocido con todas las trazas de ser un campesino; la otra tenía el pulido acento bostoniano del que fuera mi guía Noyes.

Mientras trataba de captar las palabras que resultaban extrañamente amortiguadas por el robusto entrepiso, también escuché un montón de chirridos, rasgueos y acarreos provenientes del cuarto de abajo; por lo que me vi obligado a reconocer que el lugar estaba lleno de criaturas vivas, en un número muy superior a las escasas voces pude distinguir. La naturaleza exacta de aquellos ruidos resulta extremadamente difícil de describir, pues apenas cuento con elementos de comparación fiables. Los objetos parecían moverse de un lado a otro de la habitación como si se tratara de seres conscientes. El sonido de sus pisadas se asemejaba al de un chapaleo intermitente sobre algo duro, como si los pies avanzaran sobre superficies sueltas de hueso o de caucho duro. Era, para utilizar una comparación más gráfica aunque menos exacta, como si personas calzadas con zuecos sueltos arrastraran y traquetearan los pies sobre los tablones barnizados del suelo. Preferí no especular sobre la naturaleza y el aspecto físico de quienes producían aquellos sonidos.

No tardé en comprender que cualquier intento por captar una conversación coherente se vería abocado al fracaso. Palabras sueltas —entre las que distinguí el nombre de Akeley y el mío— llegaban de vez en cuando a mis oídos, sobre todo cuando hablaba la máquina, pero su verdadero significado se me escapaba debido a la falta de un discurso continuo y comprensible donde encajarlas. Incluso hoy me niego a extraer conclusiones definitivas de aquellas palabras, aun cuando el terrible impacto que me causaron tuvo más de sugerencia que de revelación. De lo que sí estaba convencido era de que, justo debajo de mí, se hallaba reunido un terrible y monstruoso cónclave, aunque no lograra conocer la causa de sus terroríficas deliberaciones. Resultaba curioso que me invadiera ese innegable sentido de malignidad y blasfemia, pese a las garantías que me había dado Akeley sobre la bondad de los Seres del Espacio.

Tras una paciente espera, comencé a distinguir mejor las voces, aunque apenas podía entender lo que decían. En algunos de los que hablaban me pareció captar ciertas emociones distintivas. Una de las voces susurrantes, por ejemplo, tenía un incuestionable tono autoritario; mientras que la voz mecánica, a pesar de su precisión y estridencia artificiales, parecía hallarse en una actitud subordinada e implorante. La voz de Noyes transpiraba un tono conciliador, si bien me fue imposible interpretar las otras. No oí el familiar susurro de Akeley, pero sabía perfectamente que su voz no podría traspasar en modo alguno el grueso entablado del suelo de mi habitación.

Trataré de reproducir a continuación algunas de las palabras y sonidos inconexos que llegaron hasta mí, identificando, lo mejor que pueda, a quienes pronunciaban esas palabras. Las primeras frases que reconocí procedían de la máquina parlante.

(La máquina parlante):

«... me lo busqué yo mismo... devolví las cartas y la grabación... final de todo... recibido... viendo y oyendo... maldición... fuerza impersonal, después de todo... cilindro nuevo y brillante... gran Dios...»

(Primera voz susurrante):

«... momento que nos detuvimos... pequeño y humano... Akeley... cerebro... diciendo... »

(Segunda voz susurrante):

«... Nyarlathotep... Wilmarth... grabaciones y cartas... burda patraña... »

(Noyes):

«... (una palabra o nombre impronunciable, quizás *N'gah-Kthun*)... inofensivo... paz... un par de semanas... teatral... ya te lo advertí... »

(Primera voz susurrante):

«... sin ningún motivo... plan original... efectos... Noyes puede vigilar... Round Hill... cilindro nuevo... el auto de Noyes...»

(Noyes):

«. .... bien... todo suyo... aquí abajo... descansar... lugar...»

(Varias voces a la vez, imposibles de distinguir)

(Muchas pisadas, incluido el peculiar sonido de arrastre o traqueteo)

(Un extraño sonido batiente)

(El ruido de un automóvil arrancando y retrocediendo)

(Silencio)

Esto es, en esencia, lo que captaron mis oídos mientras permanecía acostado y sin moverme en aquella cama del piso superior de esa granja maldita, en medio de las colinas infernales. Allí permanecí, tumbado y sin desvestirme, aferrando un revólver con la mano derecha y una linterna de bolsillo con la izquierda. Como ya he dicho, me desperté del todo, pero una especie de parálisis indefinible me impidió hacer cualquier movimiento hasta mucho después de extinguirse el último eco de aquellos ruidos. Desde algún sitio del piso inferior, me llegó el inmutable y lejano tic-tac del antiguo reloj de Connecticut, y, un rato después, los ronquidos intermitentes de alguien dormido. Akeley debió de quedarse aletargado tras aquella increíble reunión... y yo comprendí perfectamente que necesitara descansar.

No sabía qué pensar ni qué hacer en tales circunstancias. Después de todo, ¿qué había de nuevo en lo que acababa de oír que ya no supiera? ¿Acaso no conocía que los desconocidos Seres del Espacio tenían ahora libre acceso a la granja? Sin duda, Akeley había sido sorprendido por una inesperada visita de aquellos seres. Pero hubo algo en aquella conversación fragmentada que me había producido un desagradable escalofrío, suscitando las dudas más grotescas y espantosas, y haciéndome desear fervientemente que pudiera despertar y comprobar que todo no había sido más que un sueño. Sospecho que mi subconsciente debió de captar algo que mi mente racional aún no había reconocido. Pero ¿y Akeley? ¿Acaso no era mi amigo? ¿Y no habría protestado si me hubiera visto amenazado por cualquier daño? Los apacibles ronquidos que subían desde la planta inferior no hacían más que dejar en ridículo todos los temores que súbitamente se habían apoderado de mí.

¿Sería posible que hubiesen engañado a Akeley, usándolo como cebo para atraerme hacia las colinas con las cartas, las fotografías y la grabación fonográfica? ¿Buscaban aquellos seres la destrucción de ambos porque sabíamos demasiado? Pensé de nuevo en el súbito e inesperado cambio de situación que debió producirse entre las dos últimas cartas de Akeley. Mi instinto me decía que en todo eso había algo sospechoso. Las cosas no eran lo que parecían. Aquel café amargo que rehusé tomar, ¿no había sido un intento por drogarme, de parte de alguna entidad oculta y desconocida? Tenía que hablar con Akeley de inmediato para hacerle recuperar su sentido de la realidad. Aquellos seres lo tenían hipnotizado con sus promesas de revelaciones cósmicas, pero ya era hora de que atendiese a razones. Debíamos salir de allí antes de que fuera demasiado tarde. Si Akeley carecía de la fuerza de voluntad necesaria para recobrar la libertad, trataría de infundírsela yo. Y si no lograba persuadirle, al menos me iría yo. Supongo que me permitiría llevarme su Ford, que luego le dejaría en un garaje de Brattleboro. Lo había visto en el cobertizo —con la puerta sin cerrojo y abierta, ahora que el peligro parecía haber pasado— y me imaginé que estaría listo para ser usado. La momentánea repulsión que me produjera Akeley, durante y después de la conversación que mantuvimos por la tarde, había desaparecido por completo. Se hallaba en una situación muy parecida a la mía, y debíamos mantenernos unidos. Sabiendo lo mal que se encontraba, detestaba tener que despertarle en semejante trance, pero no me quedaba otro remedio. Tal como estaban las cosas, no podía permanecer en aquel jugar hasta que amaneciera.

Finalmente me sentí capaz de actuar, y me estiré con energía para recobrar el dominio de mis músculos. Poniéndome de pie con una cautela más entusiasta que calculada, encontré y me puse el sombrero, cogí mi maleta y comencé a bajar las escaleras con ayuda de la linterna. En mi nerviosismo, seguí aferrando el revólver con la mano derecha, y conseguí agarrar la maleta y la linterna con la izquierda. En realidad no sé por qué tomé tales precauciones, puesto que solo me dirigía a despertar a la única persona que se hallaba en aquella casa, con excepción de mí mismo.

Mientras bajaba de puntillas los crujientes escalones que llevaban al vestíbulo de entrada, pude oír con mayor nitidez al durmiente, y me di cuenta de que debía estar en la habitación de la izquierda: la sala en la que no había entrado. A mi derecha se abría la densa oscuridad del estudio donde había oído las voces. Empujé la puerta entornada del salón y enfoqué el haz de la linterna hacia el lugar de los ronquidos, sobre el rostro de quien dormía. Pero al instante aparté la luz de aquel rincón e inicié una sigilosa retirada hacia el vestíbulo. Esta vez mi precaución provino tanto de la razón como del instinto: quien dormía en el sofá no era Akeley, sino el que fuera mi guía, Noyes.

No entendía realmente lo que pasaba allí, pero el sentido común me dijo que lo más prudente sería averiguar cuánto fuese posible antes de despertar a nadie. De vuelta en el vestíbulo, cerré y eché el cerrojo silenciosamente a la puerta del salón con el fin de evitar que Noyes se despertara. Con suma precaución, entré ahora en el oscuro estudio donde esperaba encontrar a Akeley, ya fuese dormido o despierto, en la enorme butaca del rincón que evidentemente era el sitio donde solía descansar. A medida que avanzaba, el haz de mi linterna se posó en la gran mesa del centro, iluminando uno de los diabólicos cilindros conectado a las máquinas que permitían la visión y la audición, junto a las que había una máquina parlante, lista para ser conectada en cualquier momento. Me imaginé que debía tratarse del cerebro envasado al cual había oído hablar durante la espeluznante reunión. Incluso me pasó por la cabeza el perverso impulso de conectarlo a la máquina parlante y ver qué decía.

Incluso ahora debía de haber advertido mi presencia, pues aquellos dispositivos visuales y auditivos no podrían dejar de detectar la luz de la linterna ni el débil crujido del suelo bajo mis pies. Pero al final no me atreví a tocarlo. De pasada, vi que se trataba del nuevo y reluciente cilindro con el nombre de Akeley que esa tarde había visto encima del estante y que mi anfitrión me rogó que no tocara. Cuando rememoro aquel momento, no hago sino lamentar mi cobardía por no atreverme a hacer hablar al aparato. ¡Dios sabe qué misterios y dudas espantosas sobre su identidad podría haber despejado! Aunque, después de todo, quizá hice bien en dejarlo tranquilo.

De la mesa dirigí mi linterna al rincón donde creí que estaría Akeley, pero mi sorpresa fue mayúscula al comprobar que el butacón estaba vacío. Allí no había nadie, dormido ni despierto. Derramado por el suelo, cayendo desde el asiento, se hallaba el viejo y familiar batín de Akeley, y junto a él la bufanda amarilla y los grandes vendajes para los pies que tanta extrañeza me causaron. Mientras dudaba, haciendo cábalas sobre el paradero de Akeley y por qué se habría desembarazado de repente de sus ropas de enfermo, noté que el extraño hedor y la sensación vibratoria habían desaparecido de la habitación. ¿Cuál habría sido su causa? Curiosamente caí en cuenta de que solo los había notado mientras me hallaba cerca de Akeley. Eran más intensos en el rincón donde él se sentaba, y desaparecían completamente fuera del estudio o más allá de sus puertas. Me detuve, dejando vagar al haz de la linterna por el estudio en tinieblas y devanándome los sesos por tratar de encontrar una explicación ante el nuevo cariz que tomaba el asunto.

Ojalá hubiera salido con sigilo antes de permitir que la luz de la linterna cayera de nuevo sobre el sillón vacío. Por lo visto no obré con suficiente cautela, ya que solté una ahogada exclamación que debió sobresaltar, aunque no despertar del todo, al centinela que dormía al otro lado del vestíbulo. Aquel grito, y los ronquidos aún no interrumpidos de Noyes, fueron los últimos sonidos que oí en aquella tenebrosa granja al pie de la oscura y frondosa cima de una montaña embrujada. ¡Todo un foco de horror transcósmico entre las desoladas colinas verdes y los maldicientes arroyos de una espectral campiña!

Es un milagro que en mi atolondrada huida no dejara caer la linterna, la maleta y el revólver, pero de alguna manera me las arreglé para no perderlos. Conseguí salir de la habitación y de la casa sin hacer más ruidos, llegar con mis pertenencias hasta el viejo Ford que se encontraba en el cobertizo, poner en marcha aquel vejestorio, y emprender una loca carrera en busca de algún lugar seguro a través de la noche oscura y sin luna. Lo que siguió fue una escena de delirio digna de la pluma de Poe o Rimbaud, o de la plumilla de un Doré, pero finalmente llegué a Townshend. Eso es todo. Si aún estoy en mi sano juicio, puedo considerarme más que afortunado. A veces tiemblo ante lo que nos depara el futuro, sobre todo ahora que ese nuevo planeta Plutón ha sido descubierto.

Como he dicho, después de recorrer toda la habitación, dejé que la luz de la linterna se posara en el butacón vacío. Por vez primera advertí sobre el asiento la presencia de varios objetos que apenas se dejaban ver debido a los pliegues sueltos del batín. Eran los objetos —tres en total— que los investigadores no encontraron en su posterior visita a la granja. Como dije al principio, su apariencia no tenía nada de horrorosa. El problema radicaba en lo que dejaban intuir. Incluso ahora hay momentos en que me asaltan las dudas; momentos en los que acepto a medias el escepticismo de quienes atribuyen toda mi experiencia al sueño, a los nervios, o a una alucinación.

Los tres objetos eran artefactos endiabladamente sofisticados, y estaban provistos de ingeniosas pinzas metálicas que se conectarían a articulaciones orgánicas de las cuales no me atrevo a hacer ninguna conjetura. Deseo con toda el alma que solo fueran las obras de cera de algún escultor magistral, a pesar de lo que afirman mis más recónditos temores. ¡Dios mío! ¡Aquella cosa que susurraba en la oscuridad con su repugnante olor y sus vibraciones! Brujo, emisario, espíritu maligno, ser ajeno a este mundo... aquel espantoso y apagado zumbido... y todo el tiempo en aquel cilindro nuevo y brillante del estante... pobre diablo... «gracias a sus prodigiosos adelantos en los campos de la cirugía, la biología, la química y la ingeniería...»

Porque los objetos de cera que había encima del butacón, con un diseño perfecto hasta el más mínimo detalle en su apariencia —o identidad— eran el rostro y las manos de Henry Wentworth Akeley.

Del autor

Howard P. Lovecraft (1890-1837) nació y murió en Providence (Rhode Island, EE.UU.) Creó un universo propio (los mitos de Cthulhu) que desarrolló junto a un grupo de escritores, y que aún sigue vigente. Cuando murió, a los 47 años, ya era considerado un maestro e innovador del relato del terror y arrastraba un ejército de admiradores que ha ido creciendo a lo largo de las décadas. Su obra narrativa constituye un híbrido entre la ciencia ficción y el llamado terror cósmico.

De la traductora

Daína Chaviano (La Habana) ha publicado varios libros de novela, cuento y poesía. Entre sus galardones literarios se cuentan el Premio David de Ciencia Ficción (Cuba, 1979), Premio Nacional de Literatura Juvenil "La Edad de Oro" (Cuba, 1989), Premio Anna Seghers (Academia de Artes de Berlín, Alemania, 1990), Premio Azorín de Novela (España, 1998), Premio Nacional Malinalli para la Promoción de las Artes, los Derechos Humanos y la Diversidad Cultural (México, 2014), y otros más. Su obra ha sido traducida a unos 30 idiomas. Sitio web: www.dainachaviano.com